COLLECTION
L'IMAGINAIRE

Henri Calet

Le tout sur le tout

Gallimard

à GEORGES HENEIN
ce petit cadeau pour gage
d'une amitié qui s'en passe.

LES QUATRE VEINES

I

Je suis parisien de naissance, tout comme mon père qui est né rue des Alouettes, à Belleville. Mon grand-père, Paul Alexandre, naquit à Cheptamville, en Seine-et-Oise ; il posséda une grande épicerie avec chevaux et voitures à Pantin, il fit faillite, il se mit à boire ; avant cela il avait été boucheur à l'émeri ; il mourut en 1886, au mois de juin. Il fut receveur d'omnibus également, mais pour moins d'un jour. Mon bisaïeul, Louis-Justin, marié à Joséphine-Héloïse Barrué, de Fontenay-aux-Roses, fut instituteur à Chennevières-sur-Marne, près de Nogent. Sa pierre tombale a servi à la construction d'une fontaine publique sur la place de la Mairie ; je l'ai vue. Il y a dix ans, il existait encore des vieux qui croyaient se souvenir de leur maître d'école.

La petite église est solide, elle date du XIIIe siècle ; elle a poussé dans l'herbe de l'ancien cimetière. L'horloge marquait trois heures. Depuis quand ?

Lorsque je passai par là, il y a dix ans, des employés des pompes funèbres, à casquettes de toile cirée, devisaient sur le parvis en attendant la fin d'une messe. On allait enterrer une dame Bénard.

« J'en ai eu un de septième à Saint-Mandé, dit l'un des croque-morts, un à Saint-Maur de septième, un ici à trois heures et demie, j'en ai encore un autre à Champigny... Quelle journée! »

Il s'interrompit pour se mettre à pisser distraitement contre la roue du corbillard fleuri.

Peu après, le prêtre apparut dans le portail, suivi des enfants de chœur marmonnant tous une dernière chanson à l'intention de la morte, Mme Bénard. Puis, les employés commencèrent à décrocher vivement les tentures de deuil : ils en avaient encore un à Champigny dans la même après-midi. C'était une journée chargée en décès.

Cela se passait en 1936, au temps du Front Populaire. Je prenais mes dix jours de congé payé dans cette banlieue. Les frais de séjour et de voyage étaient peu élevés ; on se rendait là en autobus pour quelques tickets et nous faisions notre cuisine nous-mêmes. Au vrai, ce n'était pas la campagne, une promesse tout au plus. Mais on inclinait à l'espoir, à cette époque ; on souriait ; on tendait le poing fermé à l'avenir. Il ne faut jamais montrer le poing à l'avenir ; on le sait maintenant. La région a l'inconvénient d'être très humide.

Mon trisaïeul, Jean-Pierre, naquit à Saclas, en Seine-et-Oise aussi, arrondissement de Rambouillet. Nous nous rendîmes une fois, à Saclas, Reine et moi, avec un billet « Les bons dimanches », à tarif réduit. La S. N. C. F. accordait encore d'importants avantages aux petits voyageurs. Nous avons bien fait de profiter de nos bons dimanches.

J'ai pu consulter un extrait des registres de l'état civil...

Aujourd'hui vingt-deux germinal, l'an deux de la

République Française une et indivisible, sept heures du matin, le citoyen feuille auvent, manouvrier, a déclaré que cejourd'hui, six heures du matin, qui lui était né un enfant mâle dudit citoyen françois feuille auvent et de Marie Magdeleine Lavigne sa femme, auquel il a été donné le prénom de jean pierre, faite en présence du citoyen pierre Séjourné, et la citoyenne Marie Adélaïde florence Charpentier, et le citoyen Germain Séjourné cultivateur et la citoyenne Marie Chevallier femme de Cantien Charpentier meunier, tous quatre témoins qui ont, avec moy, officier public, signé, excepté Marie Adélaïde florence Charpentier qui a déclaré ne savoir signer, fait en la maison commune les jour, mois et an que dessus.

Ce calendrier, ce style me plaisent, et aussi cette façon de mettre des majuscules ou de n'en mettre pas, d'écrire mon nom en deux mots, ces appellations de citoyen, citoyenne, oui, tout cela m'enchante.

Le citoyen François Feuille Auvent, le manouvrier, et sa femme Marie-Magdeleine, avaient dû naître sous le règne du Bien-Aimé. C'étaient de ces serfs que l'on nous montrait sur les images de nos manuels d'écoliers, de ces loqueteux à longs cheveux se nourrissant de l'écorce des arbres pendant les grandes famines.

Je n'ai pas remonté plus haut dans ma généalogie, du côté paternel. Assez cependant pour me convaincre que je suis d'extraction roturière.

Depuis Louis XV, nous avons parcouru bien du chemin dans le temps, si nous n'avons guère bougé dans l'espace, entre Saclas, Pantin, Cheptamville, Fontenay-aux-Roses, Chennevières et Paris, où je me suis fixé maintenant au Petit-Montrouge, dans le XIVe arrondissement. Voilà donc des centaines d'années que nous respirons le même air, sans nous écarter jamais beaucoup des bords de la Seine; que nous parlons un même langage; que nous foulons, de père en fils, la même terre de Paris et de ses alentours, et dans laquelle, en toute finalité, nous nous creusons un trou, les uns après les autres, pour y dormir d'un sommeil lourd, interminable.

La Seine? J'ai pris l'habitude de la sentir couler près de moi, toute verte. Nous sommes comme mari et femme, nous couchons ensemble. C'est elle — sa fraîcheur, sa douceur — que je regretterai le plus. Je viens de la traverser encore ces jours-ci, au pont de l'Alma, sous un grand soleil. Il tombait des arbres sur l'eau une sorte d'ouate, légère comme une neige d'été. J'ai pensé qu'elle continuera à couler là après moi, sans moi, que tout mon sang aussi sera hors de mes veines; j'en ai eu un peu de chagrin que, tout en marchant, j'ai fourré dans ma poche, avec les autres... Sur le parapet du pont, il y a une petite plaque commémorant la mort d'un gardien de la paix tombé à cette place au mois d'août 1944.

Qu'est-ce qui demeure? Le Zouave? Ces deux pêcheurs à la ligne? La tour Eiffel au loin?

Nous en avons vu de dures, de cruelles (des minutes, des heures, des années) dans notre famille, au passé tout autant qu'au présent, et sous des régimes pourtant différents : monarchie absolue ou constitutionnelle, Directoire, Consulat, premier, second Empire, Républiques (on en est à la quatrième)... Nous avons connu des guerres innombrables, des invasions, des révolutions, des crises de toute sorte, les Grandes Compagnies, les Chauffeurs, le Choléra, la Terreur, la Commune... Mais cela est bien près de finir, nous voici arrivés à bout de course, je suis le dernier des Feuilleauvents, en un mot comme en deux.

J'allais oublier d'écrire que Jean-Pierre (celui de l'An II) fut décoré de la médaille de Sainte-Hélène. Je suppose qu'il guerroya dans les armées impériales, en Russie, en Allemagne... Il n'avait que dix-huit ans en 1812, mais l'Ogre les aimait ainsi, frais et roses, ceux que l'on appelait les « Marie-Louise ». C'est, à ma connaissance, l'unique ancien combattant de la lignée. Moi, je ne fis, plus tard, qu'une très brève campagne, en 1940, qui se termina obscurément par ma capitulation sans condition et ma capture, une nuit de juin, il y a sept ans, dans un village du département de l'Yonne. Quant à mon père, il passa aux Pays-Bas les quatre années de la précédente guerre mondiale ; il avait alors des opinions pacifistes et internationalistes. Ni l'un ni l'autre n'avons mérité aucune décoration.

A présent que d'ici je regarde à contresens, il me semble que notre chronique eût pu mieux tourner. François, le manouvrier, et son épouse Marie-Magdeleine avaient réussi, à force de peine, à faire donner de l'instruction à leur fils, Jean-Pierre. Notre famille était sortie de sa condition paysanne. Le fils de l'instituteur avait choisi de faire carrière dans les produits alimentaires. La courbe est montante jusque-là. Nous accédions à une classe sociale supérieure. J'aurais pu être maintenant un monsieur respectable, un instituteur, un épicier, qui eût eu des enfants à son tour ; cela n'aurait pas eu de fin. Mais mon grand-père s'adonna à la boisson, qui le mena à la banqueroute frauduleuse (à moins que ce ne fût le contraire). C'est là que je vois la cassure, c'est de ce moment qu'on peut dater la décadence. Mon père, orphelin à cinq ans, ne fréquenta guère l'école, il n'apprit pas non plus de métier bien précis. Et, pour ma part, il serait trop long de raconter comment j'ai gâché ma vie. Elle tombe déjà en ruine; c'est mon mortier qui ne vaut rien.

En somme, tout serait à reprendre; cet effort aura été inutile, il n'en restera rien. Cette semence de même couleur, qui vient de si loin, s'est perdue en moi. Tant pis, ou tant mieux, comment dire? Le plus dur est fait à cette heure. Je me sens un peu las. Dommage tout de même : un joli nom — bien français — qui disparaît, ainsi qu'une feuille au vent.

***

Mais, je me laisse entraîner... ce nom de Feuilleauvent n'est pas le mien, je n'ai jamais eu le droit de le porter. J'ai un patronyme vaguement britannique, difficile à prononcer, et qui ne me va pas du tout. C'est celui du premier mari de ma mère. Je n'ai que fort peu de renseignements sur ce personnage. Il était roux et poitrinaire. A ma naissance, j'ai hérité officiellement de son nom extravagant et de sa nationalité, ce qui m'a causé, dans la suite, diverses difficultés.

Mon père véritable n'eût pu d'ailleurs se mettre en avant, car il était alors en état d'infraction aux lois militaires (à cause de ses idées extrémistes): il voyageait.

De fait, j'ai deux pères. Nous nous engageons dans une histoire embrouillée...

II

Mon existence commence un peu comme une chansonnette comique de café-concert que j'entendis vers 1913 au promenoir de l'*Eldorado*, où mes parents allaient assez régulièrement. Je n'ai pas encore oublié tout à fait les paroles ni la musique ; elles me reviennent par bribes. Ce n'est pas une très belle chanson, en vérité, mais l'air en est trépidant. J'aurais dû tâcher de vivre sur ce rythme ; je serais sûrement arrivé à une position enviable. Je vais essayer de vous chanter le début du premier couplet :

C'est dans la nuit que j'ai vu l'jour,
Dans l'quartier du Luxembourg.

En effet, je suis né dans le quartier du Luxembourg, à la clinique Tarnier, précisément, cette bâtisse de pierre grise, jaunissante par endroits, qui fait l'angle de la rue d'Assas et de l'avenue de l'Observatoire.

L'artiste à tignasse blonde continuait en s'animant de plus en plus. Voici quel est, à peu près, le refrain que nous reprenions avec lui :

Siméon, Siméon, c'est ainsi qu'on m'nomme,
J'nai qu'ce seul prénom.
Il n'est pas mal en somme.
C'est moi le p'tit Siméon.

Puis, un nouveau couplet :

Comme ma mère était indigne,
Elle a forcé la consigne,
C'qui fait que j'suis un enfant d'l'amour.
Ah ! Ah ! Ah ! Ah !

Eh bien, moi aussi je suis un enfant de l'amour. Ah ! Ah ! Ah ! Ah !

Il ne me souvient plus que d'un dernier couplet :

Dans le quartier où je suis né,
On m'nomme le p'tit dessalé.
Et tous les gens en s'retournant
Disent qu'j'ai l'air intelligent.
Ah ! Ah ! Ah ! Ah !

J'aime bien cette chanson et, surtout, je la trouve appropriée à mon cas. J'en ai fait mon hymne personnel. L'enfance de Siméon, c'est presque la mienne : je fus le petit dessalé de mon quartier, entre six et sept ans. Les grandes personnes me surnommaient le « Costaud des Ternes » (nous habitions rue des Acacias). Je reparlerai peut-être de cette bonne période. Peu après, je tombai dans la fosse du garage...

Ma venue au monde eut lieu un jeudi de mars, vers les huit heures du soir (dans la nuit, comme Siméon), après un accouchement douloureux et lent qui dura quatre jours et quatre nuits, pendant lesquels deux professeurs et huit internes se relayèrent autour du lit. Je m'excuse de leur avoir donné tant de fatigue. Il y avait aussi une doctoresse — quelle femme étrange — qui s'intéressait particulièrement à la peau de ma mère, elle la caressait, la comparait à du satin ; elle voulait toucher les grains de beauté, un à un. Aux derniers moments, l'un des professeurs se montra pessimiste, il déclara que je viendrais par le siège. L'autre dit non :

« Ce sera un beau garçon, cela vaudra la peine d'aller le chercher. »

Comment le savait-il ?

« C'est... c'est... c'est un garçon ! » s'écria-t-il joyeusement.

Il avait raison. Aujourd'hui que j'y repense, les causes de cet enthousiasme m'échappent encore. Il embrassa ma mère sur le front en lui demandant si elle était contente. Elle l'était assurément.

Moi aussi. Tout cela s'annonçait gentiment. Je m'étais présenté la tête la première (il était d'ailleurs trop tard pour reculer). Des infirmières s'affairaient constamment auprès de moi ; elles m'appelaient « le gros père » ; je pesais six livres deux cents grammes (une tendance à l'embonpoint, déjà ?).

Ce fut, certes, une agréable saison pour nous deux ; la meilleure de toutes, possiblement. D'autant plus que nous sortions depuis peu de la prison de Saint-Lazare.

Mon père, au cours d'un de ses déplacements, avait rencontré ma mère à Bruxelles. Ils s'étaient plu. Il l'avait décidée à quitter sa famille et à le suivre à Paris. Elle était enceinte de sept mois. En débarquant à la gare du Nord, mon père réussit à s'éclipser adroitement ; il avait accoutumé de « brûler le dur », c'est-à-dire de voyager en chemin de fer sans payer, ou, plus exactement, pour le prix d'un billet de quai. Il faisait cela, non seulement par économie, mais tout autant par principe. Avant de disparaître dans la cohue, il donna à ma mère un rendez-vous assez imprécis :

« Sur le Sébasto, sur un banc près de la rue Turbigo, vers huit heures du soir. Tu n'auras qu'à demander Feuilleau... »

Ma mère ne connaissait pas encore Paris, elle n'avait jamais circulé sans billet, on ne lui avait jamais non plus donné de rendez-vous aussi vague. Elle se fit prendre par un contrôleur zélé qui la remit entre les mains du commissaire spécial qui l'envoya au Dépôt De là, on la transféra à Saint-Lazare qui était la maison de détention des femmes. On y incarcérait les voleuses, les ivrognesses, les catins, comme on les nommait, et les femmes qui voyageaient sans billet. Tout cela était nouveau pour elle qui sortait d'un milieu bourgeois. La mauvaise nourriture, cette promiscuité, la saleté lui causèrent une furonculose. Elle fut admise à l'infirmerie, avec moi qui remuais dans son ventre, en proie à des émotions pré-natales.

C'est de cette façon, qu'à la fin d'une manière de voyage de noces, ma mère prit contact avec Paris dont, par ailleurs, on lui avait vanté les beautés, ainsi que la gentillesse de ses habitants. La longue suite de ses impressions ne devait pas être beaucoup plus satisfaisante : Paris n'a jamais voulu lui sourire.

Pour mon compte, j'ai subi, avant que de naître, quelques semaines de prison préventive, à tout hasard. Pour m'apprendre à vivre, comme on dit.

III

Pendant que nous prenions du bon temps à la clinique Tarnier, mon père vaguait en terre étrangère, au Grand-Duché de Luxembourg, en quête d'un emploi. Il avait rêvé de se faire un petit pécule pour le jour de ma naissance. J'ai dit qu'il n'a jamais exercé que des travaux faciles, saisonniers, n'exigeant que peu de connaissances spéciales ni d'assiduité, mais il a rêvé, inlassablement.

A vingt ans, il avait déjà essayé de diverses professions : vendeur de journaux, livreur de sorbets en tri-porteur pour un pâtissier-glacier de la rue de la Lune, auxiliaire aux P. T. T. à l'occasion des fêtes de Noël et du jour de l'An, commis d'étalage d'une librairie des Grands Boulevards...

Il ne restait que très passagèrement en place car il ne pouvait se défendre de manifester, en quelque façon, ses sentiments anarchistes.

C'est ainsi qu'il fut surpris crachant dans ses seaux de glace à la vanille, en compagnie de clochards de rencontre. Qui mange de la glace à la vanille? Les bourgeois!

A la poste, il décollait, avant oblitération, les timbres

des cartes de visite, estimant que cet échange de congratulations était sans grande importance. Lui, n'a jamais envoyé de cartes de visite.

Chez le libraire, il devait surveiller les rayons à l'aide d'un jeu de miroirs compliqué. Il était déjà myope, il ne pouvait donc voir les voleurs s'enfuir avec ses bouquins ; de plus, il lui déplaisait de leur courir après, car il avait pour eux une sourde amitié, étant, de longue date, un peu voleur lui-même.

Il avait tenté aussi de s'introduire — oh, bien modestement — dans le monde des affaires. Une après-midi d'été, il s'était installé, à titre d'essai, sur la place du Théâtre-Français, avec un matériel de marchand de coco, prêté par un copain. Peu de chose : un pliant, un tonnelet, du coco en poudre, deux verres, et de la glace. Le copain lui avait appris à crier :

« Coco! Coco! Qui veut du coco? »

C'était tout simple. Par malchance, la plupart des Parisiens se trouvaient à Longchamp où se courait le Grand Prix. Il n'y avait personne dans les rues, sauf quelques types qui, comme par dérision, venaient se désaltérer tout à côté, à la fontaine Wallace. Au bout d'une heure, mon père fit un rabais : il proposa son coco à raison de trois verres pour un sou, autant dire pour rien. Mais les gens semblaient préférer l'eau pure. A la fin, il se résigna à distribuer sa boisson hygiénique à des pouilleux qui la trouvèrent délicieuse. J'ignore en quelle année cela se passa ; ce serait facile à savoir : le même jour — ou le lendemain — une bombe fut lancée sur la voiture d'Alphonse XIII rue de Rohan.

On aimait encore tirer les rois (pauvres rois) ; on pratiquait la « prise au tas » et la propagande par le fait en s'inspirant des grands exemples de Vaillant, de Caserio, de Luccheni, de Ravachol, d'Émile Henry... Vers 1930, j'ai connu Durruti ; il avait lui aussi fait le projet de tuer Alphonse XIII, à Paris ; il me raconta les détails du plan qui échoua au dernier moment. Quelque temps plus tard, Durruti était assassiné dans son pays. Alphonse XIII, lui, échappa à toutes les machinations, il mourut vieux, de maladie.

J'en reviens à mon père ; je voulais démontrer qu'il ne manquait pas d'esprit d'entreprise ni de bon vouloir, peut-être seulement lui eût-il fallu un peu plus de persévérance.

Mais il est évident que le théâtre reste son plus beau souvenir : il fut « tête à l'huile » à l'Odéon, au Châtelet, au Gymnase, à l'Ambigu... Au Châtelet, il y avait des poux dans les perruques, des puces dans les doublures. N'importe. Il dit quelquefois :

« J'ai été muscadin à l'Odéon. »

Et je sens bien qu'il cultive une petite nostalgie, et comme de la fierté, de ces soirées brillantes, un peu féeriques, qu'il traversait portant perruque, jabot de dentelle, faux mollets ou cuirasse, ou l'habit à queue et des escarpins, suivant les cas.

A l'Odéon, le cachet était plus élevé qu'ailleurs : vingt sous par représentation. Pour je ne sais quelles raisons, mon père ne toucha jamais sa paie ; de cela aussi il reparle parfois. Il a encore une petite somme à encaisser à l'Odéon.

Il joua dans *les Cinq Messieurs de Francfort* avec Lucien Guitry ; il joua aux côtés de Réjane ; il joua dans *l'Ennemi du Peuple*, dans une pièce historique dont l'action se déroulait en Russie, sous une neige immaculée en boules de coton hydrophile ; il joua dans *Aphrodite*, c'est une de ses meilleures créations : Aphrodite était amenée nue sur la scène par deux nègres. Mon père était un nègre. Quel rôle! Il y avait pourtant un désavantage : la suie, dont il s'enduisait la figure et le corps, ne s'enlevait pas aisément, ce qui fait que, durant tout le temps qu'*Aphrodite* tint l'affiche, mon père fut un peu nègre dans la journée également.

On se disait, dans ce milieu, qu'une célèbre divette (je ne puis la nommer) jetait parfois son dévolu sur un des figurants qu'elle emmenait dans un appartement luxueux. Le clochard avait droit à un bain chaud et, le matin, à un chocolat et à un louis de gratification. Sans parler de l'amour ni de la notoriété que cela apportait. Ce n'était qu'une légende peut-être. Pourtant, des types allaient se planter chaque soir, anxieusement, à la sortie des artistes. Qui sait?

Pour changer, mon père passait à la claque, car il aimait vraiment cette atmosphère des planches. C'est pour cela peut-être qu'il avait négligé de se présenter aux autorités militaires le jour du conseil de révision; il avait d'autres sujets de préoccupation : Aphrodite, la neige, le chocolat...

Il eut aussi, dans sa jeunesse, la manie de marcher sur la chaussée, en bordure du trottoir, le regard braqué obliquement sur le caniveau. Son ami Pétrus lui avait affirmé qu'il gagnait ainsi trois francs par jour, approximativement. Mon père ne ramassa jamais que des gros sous, à cause de sa mauvaise vue, ou des crachats. Il lui arrive encore actuellement d'avoir un de ces inquiétants coups d'œil de biais, comme alors.

IV

Nous continuions à l'espérer. Sa grand'mère vint nous faire visite à la Maternité. Elle conseilla à ma mère de me mettre sans retard à l'Assistance publique ; elle dit de moi que j'étais un vaurien, au jugé, une « tête de blin » (?), un fils d'assassin. Elle s'exprimait avec grandiloquence. Ma mère refusa de m'abandonner ; elle m'aimait depuis longtemps. Je l'ai échappée belle.

La vieille dame fut chassée de la salle par des accouchées qui avaient entendu ses propos.

C'était une personne autoritaire dont mon père parle encore avec respect, bien qu'elle l'eût élevé avec rigueur. Elle lui enseigna à ne se moucher que du côté de l'ourlet, à refuser les tripes contenant du pied et de la tête...

« Rapporte-moi ça, et tout de suite, ordonnait-elle à mon père, tête de blin (c'était une de ses formules) et tu diras au tripier que Madame Feuilleauvent ne mange que de la franchemule et du feuillet. »

Autoritaire et abusive.

A l'âge de quelques jours, il me vint sur le front une tache de vin de vilain effet. Elle disparut vite, ma mère ayant eu l'heureuse idée de l'asperger de son lait. Je donne la recette.

Pour montrer que j'étais content, je faisais : « Ah! Ah! Ah! Ah! » comme Siméon. Le printemps approchait.

Tandis que mon père, à force de cheminer, était arrivé à Esch-sur-Alzette (un bien joli nom de ville). Il se lia sur-le-champ d'amitié avec un Autrichien qui l'informa des usages locaux pendant qu'ils écoutaient la musique militaire grand-ducale qui jouait sur la grand'place. Le plus urgent était de se procurer cinq sous pour passer la nuit à couvert. Bien facile, il lui suffit d'aller de porte en porte chez les commerçants du lieu, en leur expliquant qu'il était un déserteur français et qu'il avait besoin d'argent pour se rendre plus loin. On avait un faible, là-bas, un faible inexplicable pour les déserteurs français. Notre prestige était grand encore. Ensuite, mon père se rendit à l'adresse d'un marchand de chaussures indiquée par l'Autrichien ; on lui fit l'échange de ses espadrilles usées contre une paire de souliers neufs. Mais il commit la bévue de ne pas emporter les espadrilles qui eussent permis de bénéficier ailleurs d'un deuxième, puis d'un troisième troc ; c'est à cause de ces précieuses espadrilles qu'il se brouilla avec l'Autrichien.

La première tournée des boutiques rapporta un mark, avec quoi mon père s'enivra à la bière du pays avec un nouveau compagnon, un Belge, déserteur lui aussi (on désertait beaucoup). Les jours suivants, ils mendièrent un peu de concert ; ils constituèrent de cette façon un viatique qui leur permît d'aller plus loin, car, bien que les habitants d'Esch-sur-Alzette se montrassent, en général, très accorts, il n'était pas profitable de s'éterniser sur place. Et puis, il fallait penser aux autres déserteurs qui ne cessaient pas d'accourir, comme à une invitation. Mais, la veille du départ, le Belge dévalisa mon père qui se trouva démuni de ses économies, de quelques papiers falsifiés et d'une grande pèlerine qui lui tenait bien chaud. Il a toujours été trop liant. Il dut se décider à travailler : il se présenta aux mines de fer où il fut aussitôt agréé parmi le personnel assez mêlé qui comptait des représentants de plusieurs nations, des déserteurs en majorité. Mon père dut faire équipe avec un Prussien de haute taille ; il détestait les Prussiens de façon irraisonnée, traditionnelle, comme nous tous. On peut être « omis » et patriote en même temps ; ce n'est pas aussi contradictoire qu'il paraît.

La besogne était simple : il fallait charger des blocs de minerai sur des wagonnets dans une galerie pendant dix heures d'affilée. C'était un autre aspect d'Esch-sur-Alzette. Mon père s'appliqua, mais il eut bientôt les mains en sang. Il n'avait pas la pratique des professions manuelles. C'était sans conteste un labeur moins plaisant que de porter une femme dévêtue sur les épaules, à l'Ambigu.

A Esch-sur-Alzette, la coutume voulait, qu'après la tâche, chaque mineur apportât un tronc d'arbre au chef de chantier, en guise d'hommage.

Ce premier soir, mon père but trop de genièvre ; il tomba rapidement sur son lit d'ivresse et d'épuisement ; il garda cependant assez de lucidité pour voir que le Prussien fouillait ses poches d'où il sortit une photographie de ma mère et une mèche de ses cheveux. Le Prussien remit le tout au chef de chantier avec qui il eut une conversation en allemand ; après quoi, il donna à mon père une formidable gifle. Tout cela était incompréhensible. Mon père assista ensuite à une bataille générale dont il semblait qu'il fût le fondement.

N'empêche qu'il regrette ce temps où l'on voyageait d'un pays à l'autre, sans passeport et aux moindres frais. On a tendance à regretter ses vingt ans en quelque contrée qu'ils se soient perdus.

Après s'être un peu ressuyé, mon père partit d'Esch-sur-Alzette. Somme toute, ce pénible travail n'avait duré qu'une seule journée ; ce fut suffisant pour qu'il en conservât une répugnance définitive. Sur la route, il eut la chance de croiser son Prusco à qui il lança sa lampe de mineur à la tête. Il s'était vengé.

Puis, il s'en alla en direction de Bruxelles. Il faisait froid, il tombait une neige glaciale et non pas comme celle du Châtelet. A la nuit, il couchait dans les meules Il n'avait plus sa grande pèlerine pour se protéger. Ses belles chaussures étaient hors d'usage.

Il arriva à Namur. Les Wallons n'étaient pas aussi généreux que les Luxembourgeois : ils ne donnaient qu'une « cent » à la fois ce qui obligeait à faire des tournées interminables pour ne recueillir presque rien. Mon père, découragé, résolut de pousser plus loin.

Dans un faubourg de la ville, il se décida pourtant à sonner à la grille d'une villa de bonne apparence. Les chiens se mirent à aboyer. Il ne pouvait plus s'esquiver car le propriétaire s'approchait courtoisement. Un logis accueillant, enfin. Mon père entra. Il était tombé chez le chef de la Sûreté qui téléphona (le progrès commençait à se répandre) à la gendarmerie.

Mon père fut conduit à la prison de Namur ; il apprit qu'on le soupçonnait d'avoir participé à un attentat anarchiste qui avait eu lieu quelques jours auparavant à Liége. Une semaine plus tard, on lui signifia un arrêté d'expulsion qui est, du reste, encore en vigueur. Les Belges ont la mémoire longue. On le mit dans un wagon cellulaire : en voiture pour la France qu'il eût mieux fait de ne jamais quitter.

Le train s'arrêtait partout. Mon père, enfermé dans une petite boîte, ne savait que faire ; il pissa un peu contre la paroi, à plusieurs reprises, comme timidement. Cela produisit tout de même une flaque qui s'écoula sous la porte, dans le couloir. Quand le gardien s'en aperçut — un rouquin qui ne parlait que le flamand — il se mit à gueuler dans sa langue maternelle, en agitant une petite cravache. Mon père crut comprendre qu'il devait sécher le plancher, ce qu'il fit sans répliquer en se servant de son veston comme d'une serpillière ; il n'avait rien d'autre sous la main. A la frontière, il fut libéré. Il put uriner son content. De là, au lieu de rejoindre Paris, il reprit le chemin de Bruxelles, par entêtement, car il n'avait rien à y faire. Des gendarmes l'arrêtèrent derechef, il alla subir une courte détention en quelque maison centrale, à Arlon, ou à Mons... Peu importe. Là-dessus, il fut de nouveau expulsé.

Je constate qu'à l'orée de ce siècle, nous étions tous trois en prison, à peu près en même temps : mon père, de son côté, en Belgique ; ma mère et moi, encore embryonnaire, à Paris.

V

Et nous nous retrouvâmes, ma mère et moi, une après-midi de fin d'hiver, dans une ville inconnue de nous, à cette sorte de rond-point d'un tracé irrégulier où confluent les boulevards Saint-Michel, du Montparnasse, de Port-Royal, l'avenue de l'Observatoire, la rue d'Assas...

Ma mère devait avoir mauvaise mine car un garçon de café de la *Closerie des Lilas* lui avança complaisamment, une chaise. Nous nous installâmes à la terrasse devant un guéridon vide ; nous manquions tout à fait d'argent. Mon père eût dû être auprès de nous. Il avait pourtant promis de revenir du Grand-Duché nanti d'un petit pécule. Mais pourquoi avait-il choisi d'aller au Grand-Duché ?

En face de nous, le bal Bullier, la gare du chemin de fer de Sceaux, le buste de Francis Garnier sur son socle ; tout près, à demi caché par les platanes, le brave des braves commandait la charge, sabre au clair ; à gauche, quatre femmes nues portant une sphère armillaire ; dans le fond, entre les arbres, le palais du Sénat, et, comme posé par dessus, les chantiers de la basilique du Sacré-Cœur.

Je crois que je ne voyais rien encore, ou bien j'inclinais déjà à l'indifférence.

Ma mère n'avait qu'une adresse : celle d'un asile maternel tenu par des sœurs de charité, avenue du Maine. Mais elle ne disposait pas des trois sous qu'il fallait pour payer le billet d'omnibus. Tout doucement, elle y alla à pied, en me serrant contre elle, par la rue Denfert-Rochereau, après avoir remercié le garçon de café de sa prévenance. J'englobe dans une même sympathie attendrie les garçons qui se sont succédé à la *Closerie* depuis une quarantaine d'années. Nous longeâmes la façade sombre des Enfants-Assistés où la grand'mère eût voulu que l'on me confiât ; nous dépassâmes le Lion de Belfort qui regardait déjà vers l'Est, en direction de l'ennemi, d'un œil creux et néanmoins chargé de signification. Il attendait la Revanche.

Nous arrivâmes à l'Asile Maternel, et c'est ainsi que, dès mes premiers jours, j'ai habité au XIVe arrondissement.

L'asile est un bâtiment de briques rouges, orné d'entrelacs de céramique verte ; il est accoté à l'église Saint-Pierre du Petit-Montrouge. Dans le même bâtiment, il y a, en plus, un fourneau économique, un dispensaire et une société philanthropique. Je passe quotidiennement devant l'asile ; cela me rappelle mes débuts modestes dans l'existence.

VI

Mes parents se rencontrèrent finalement sur le banc du boulevard de Sébastopol que mon père avait indiqué. Je trouve cela assez miraculeux.

Nous vécûmes pendant quelque temps dans le bas de Ménilmontant, passage Julien-Lacroix, en hôtel. Je me mis à grandir. Ma mère faisait des fourchettes, à la maison : des fourchettes de gants. Elle était fourchetteuse. Nous allions, tous les trois, livrer son travail ; nous descendions la rue de Belleville, le Faubourg du Temple... En revenant, nous prenions l'omnibus « Louvre-Lac Saint-Fargeau ».

J'avais pour ami un cocher de la ligne. Chaque fois que nous empruntions sa voiture, sur l'impériale, il me confiait les rênes dans la côte, lorsque ses chevaux allaient au pas. Je crois me rappeler un grand tintamarre de roues, de claquements de fouet, il me revient une odeur de cuir, je crois revoir le haut de forme de mon ami, mais je n'en suis pas sûr.

Mon grand-père, le failli, avait été receveur d'omnibus, peu avant sa mort. Comme il ne laissait monter que les femmes, il fut licencié le jour même de son entrée en fonctions.

« En voiture... les dames seulement », disait-il.

Et il soufflait dans sa trompette. Les hommes restaient sur le trottoir. J'ignore ce qui se passait ensuite dans son omnibus chargé de femmes. Il ne nous est d'ailleurs revenu que peu de chose sur lui.

Depuis son retour de voyage, mon père prenait quelque repos ; il partageait ses loisirs entre nous, ses nombreux copains et ses obligations d'ordre politique et social. Il allait aussi assez souvent *A la tête de cochon*, un bal du boulevard de la Villette. Il commençait à négliger ma mère ; il lui arrivait même, quelquefois, de la semer dans les rues, ce qui l'amusait beaucoup ; il affirmait que c'était la meilleure des méthodes pour se familiariser avec une ville étrangère.

Il ne manquait aucun métigne, aucune manifestation ouvrière d'où il rentrait abîmé par la police. Il allait entendre Louise Michel (la Vierge rouge) à la Salle des Omnibus. Il batailla pour Dreyfus, il assista au Triomphe de la République, le premier mai 1899...

« On croyait déjà que c'était arrivé », dit-il à présent avec scepticisme.

C'est vrai que nous avons l'espoir chevillé au corps. Voilà bien des années que nous marchons ainsi, de père en fils, en direction d'un monde meilleur sur un parcours à peu près identique. A la fin, je me demande ce que nous cherchons, depuis 1899, et bien antérieurement : le monde meilleur n'est pas au bout d'une rue, il est ici, et maintenant. Nous y sommes, il faudrait s'arrêter, nous avons les pieds dedans ; le monde, c'est nous. Au bout du chemin, il n'y a qu'un fossé ; nul ne l'ignore.

Pour des motifs, en apparence, différents, mon père participa également à l'émeute de Longchamp, en 1908. Il s'agissait d'un mauvais départ : quatre chevaux, sur sept, étaient restés au poteau, y compris « Pois Vert », le favori. Bien que n'ayant pas misé sur « Pois Vert », mon père se rallia d'emblée aux mécontents qui mirent le feu aux baraques du Pari Mutuel et aux barrières, et il coopéra avec ceux qui tiraient les gardes républicains à bas de leurs montures. Après quoi, maîtres du terrain, ils envahirent l'enceinte du pesage. Ce furent des instants de victoire jusqu'à ce que les pompiers se mirent à arroser les révoltés. Mon père revint passage Julien-Lacroix tout trempé, mais satisfait quand même de s'être trouvé, encore une fois, du bon côté de la barricade, du côté de la justice. Il déplora pourtant de ne pas avoir été des quelques turfistes de sang-froid qui avaient enlevé la caisse centrale, à la faveur du désordre.

Il fut de toutes les grandes bagarres populaires, de toutes les revendications du début du siècle. Il en parle avec un plaisir certain. Il tire aussi quelque vanité de ses fréquentations. En particulier, il connut un peu le « Dénicheur », un assassin notoire, et son lieutenant, Marcel Sauvage, au bal des Gravilliers. Le « Dénicheur » avait tué une dizaine de types ; il frappait dans le dos. On a composé sur lui une complainte :

On l'appelait le Dénicheur,
Il était rusé comm'une fouine.
C'était un gars qu'avait du cœur
Et qui connaissait les combines.

Je puis rapporter un des hauts faits du « Dénicheur » (c'est pour la petite histoire), je le tiens de mon père.

Dans l'intention de se venger d'un affront que lui avait fait la « Terreur des abattoirs de la Villette », le « Dénicheur » lui enleva sa femme qu'il garda une nuit entière dans une chambre. Au matin, il la libéra, sans l'avoir touchée. Puis, il adressa un billet à son rival :

« Ta femme a passé la nuit avec le Dénicheur. »

L'autre, se jugeant offensé, provoqua le « Dénicheur » en duel, sur les fortifs ; des louchebems servaient de témoins.

« Comment veux-tu faire ça? », demanda le « Dénicheur ».

— A la loyale », répondit la « Terreur ».

Le « Dénicheur » lui tira quatre balles dans le ventre (pour changer) pendant qu'il enlevait sa blouse.

Pétrus — celui qui récoltait une moyenne de trois francs par jour dans les caniveaux — était un ami intime de mon père. Il n'avait pas la notoriété du « Dénicheur » ; il n'était qu'évadé de Biribi.

Ensemble, ils fondèrent le « Syndicat des irréguliers du travail et des hommes de peine » qui n'eut, d'ailleurs, jamais un nombre suffisant d'adhérents, bien que la cotisation mensuelle fût infime : dix sous. Les frais généraux étaient écrasants, mais il y eut pourtant quelques réunions où l'on chanta *Ni dieu ni maître* et *Le Père Duchêne*..... L'homme qui gardait les chevaux de renfort de l'omnibus « Louvre-Lac Saint-Fargeau », au relais du Faubourg du Temple, fut le dernier militant de cette organisation. Il se considérait, à juste raison, comme un irrégulier du travail. On le surnommait : Ravachol.

La nuit, mon père et Pétrus faisaient de grandes randonnées nocturnes aux Halles, à Montmartre..... Ils se battaient contre des maquereaux, des ivrognes... Pétrus était très fort, bien que de petite taille. Une nuit qu'ils braillaient des chants subversifs, un zouave les attaqua......

« Je vais te montrer la dix-septième de Joinville », dit-il en se mettant en garde.

Pétrus l'assomma promptement. Mon père ramena la baïonnette et le ceinturon du militaire en trophée.

En outre, Pétrus confectionnait des fausses pièces de deux francs dans une chambre voisine de la nôtre. Mais il travaillait sans goût : ses pièces noircissaient presque instantanément. Mon père se chargeait de l'écoulement, de compte à demi avec son camarade. Ce n'était pas une tâche commode : on ne pouvait essayer de se débarrasser des pièces de Pétrus qu'à l'heure du crépuscule, entre chien et loup, dans ce laps de temps très court où les commerçants ne se décidaient pas encore à allumer le bec de gaz.

Mon père sourit aujourd'hui en pensant au marchand de couleurs qui lui recommanda vivement son cirage, le *Bono Bezef*, une nouvelle marque, à deux sous la boîte, ce qui lui laissa trente-huit sous de gain, à partager avec Pétrus.

La plupart des locataires de notre hôtel faisaient un peu de fausse monnaie, accessoirement, à moments perdus. C'était leur violon d'Ingres.

Mais tout cela n'était pas d'un grand profit, ni les fourchettes ni les courses ni les pièces de deux francs de Pétrus. Mes parents ne parvenaient même pas à payer leur loyer de six francs par semaine. Et, un soir que nous rentrions d'une conférence, ils ne trouvèrent pas la clef accrochée au tableau. Nous passâmes le restant de la nuit à circuler dans le quartier.

Mon père eut aussi quelques accointances avec « Nini Casque d'or », une fameuse gigolette. Il prétend qu'elle puait du nez.

VII

De Ménilmontant, nous émigrâmes à la Villette rue de Tanger.

Mon père vendait un nouveau journal hippique du soir, le *Rapid'Sport*. Il courait depuis la rue du Croissant jusqu'aux Boulevards Extérieurs où, ma mère et moi, allions nous poster à une certaine heure pour le voir filer. Lorsque j'entendais : « Pidsport! », je m'écriais gaîment : « Papa! », j'avais reconnu sa voix.

Je savais dire : « papa, maman »; le troisième mot que je prononçai clairement fut : « sousou » en désignant un franc d'argent sur la chaussée du boulevard de Strasbourg en face de *l'Eldorado*. C'est un mot important.

Je prenais la parole. Ma première phrase en forme fut : « Encore un peu-peu »; ma première chanson fut *Les cymbales de papa*...

Dans la gard' municipale,
C'est papa qu'était cymbale,
Il accompagnait toujours
La gross' caiss' et le tambour.

Refrain.

Zim la la, zim la la,
Les cymbales, les cymbales.
Zim la la, zim la la
Les cymbales de papa.

Un autre mot m'a longtemps obsédé : Pezon.

C'est le nom d'un dompteur réputé. Il me servit à désigner une quantité de choses que je découvrais. Tout était pezon, alors. Et, plus spécialement, les bascules automatiques.

La vente de *Rapid'Sport* était d'un bon rapport, à la condition d'arriver dans les premiers aux portes de Paris (pourquoi?) et aussi d'annoncer le titre, sans bien articuler, de telle manière que les gens crussent entendre: «*Paris-Sport*», de ne jamais s'arrêter, d'omettre le plus souvent possible de rendre la monnaie sur les pièces de dix sous, de courir, de courir... avant que les acheteurs aient pu s'apercevoir de la petite tromperie. Avec de pareils procédés, il était chimérique de songer à se constituer une clientèle stable. Il était, de surcroît, nécessaire de modifier chaque jour les itinéraires, d'autant plus que mon père ne manquait pas de glisser dans ses journaux un nombre assez important d'invendus de la veille. Ce fut encore un emploi de courte durée.

VIII

De la Villette, nous retraversâmes la Seine pour nous fixer temporairement dans la plaine de Grenelle. On déménageait sans embarras, en voiture à bras. Nous ne possédions pas encore de meubles.

D'abord, nous descendîmes à l'*Hôtel Sainte-Lucie*, rue Sainte-Lucie, à proximité de l'usine Nilmélior, rue Lacordaire, où mon père venait de trouver une place de magasinier. Nous ne demeurâmes que peu de temps à l'*Hôtel Sainte-Lucie*, car le propriétaire coupait l'eau plusieurs fois par jour, estimant que ma mère en utilisait de trop grosses quantités. Il est exact que ma mère a la marotte du nettoyage; elle est flamande d'origine. Le beau rêve de sa vie a été d'avoir l'eau courante chez elle, un robinet lui appartenant en propre; un beau rêve liquide, transparent, frais qu'elle n'a pas encore réalisé. Nous partîmes de là. D'ailleurs, il y avait des punaises dans cet hôtel bien qu'il fût nouvellement bâti. Et puis, la vue sur l'hôpital Boucicaut n'était pas des plus égayantes.

Les punaises nous suivirent partout, fidèlement, d'un quartier à l'autre. Ma mère avait beau les pourchasser avec son petit soufflet qui crachait de la poudre de pyrèthre... il s'en cachait toujours une, ou deux, une femelle, dans une couture de matelas.

Ensuite, nous emménageâmes rue Lacordaire, tout à côté de l'usine, dans une petite maison, au fond d'une courette. Notre situation, peu à peu, se normalisait. Mes parents allaient pouvoir monter leur ménage. Mon père gagnait un salaire régulier de quatre-vingts centimes de l'heure, ce qui permettait de s'offrir, le dimanche, un pigeon aux petits pois — mon père adore le pigeon — et une bouteille de Clos-Vougeot de chez Félix Potin. Par beau soleil, nous allions manger sur l'herbe des fortifications, à deux pas. Le pigeon n'avait pas le temps de refroidir.

Je dois préciser que c'étaient des pigeons ramiers qui provenaient du tir aux pigeons du Bois de Boulogne. Les gens riches nous les abandonnaient ; ils se contentaient de les tuer. Un bonhomme du voisinage nous les cédait à des prix avantageux (de dix à douze sous). Il était ramasseur de cadavres de pigeons. Encore un irrégulier du travail qui eût pu être membre du syndicat de mon père. Nous ne nous sommes jamais dégoûtés du pigeon. Il fallait se méfier des petits plombs.

Après le festin, mes parents faisaient un somme, tous vêtements déboutonnés, tandis que je m'ébrouais parmi les vieux ressorts de sommier, les bidons vides, en prenant garde aux tessons de bouteilles. Je jouais tout seul, à je ne sais plus quoi.

Il y avait d'aimables perspectives. On n'était certes pas en pleine nature, mais on se sentait en sûreté, près de chez soi et des petites choses auxquelles on s'attache.

Mon père passait généralement ses soirées au café du père Longet ; il y faisait d'intéressantes parties de manille en buvant des mominettes ou en courtisant la patronne qui était créole, pendant que ma mère l'attendait en confectionnant ses fourchettes. Elle a perdu longtemps de sa vie à l'attendre. J'aimais passer les doigts sur les peaux glacées, j'aurais voulu me servir aussi des grands ciseaux.

Parfois, nous partions à la recherche de mon père d'un café à l'autre. Il n'allait plus à la *Tête de cochon*, mais il poussait assez souvent jusqu'à la *Ménagerie indienne* de la rue Blondel. C'était un bordel ordinaire dont la tenancière lui avait interdit l'accès alors qu'il avait quinze ans. Elle lui avait dit de repasser plus tard. C'est ce qu'il faisait. On avait toujours de grandes chances de le rencontrer sur le boulevard de Sébastopol. C'était, pour lui, un centre d'attraction.

J'ai une photographie datant de ces années, tirée par Chamberlin, à côté du cirque Boum-Boum. Mon père a un joli bouc, il est vêtu d'un chandail, ce qui lui donne l'air artiste, d'un veston à revers étroits, et d'un de ces pantalons qui montent très haut à la taille, qui soutiennent bien le ventre. Ma mère a un gros chignon blond, elle porte un corsage de velours à manches gigot. Ils sont jeunes tous deux, et beaux. Moi, j'ai un large chapeau de paille sur l'arrière de la tête, en forme de soleil, et je tiens une rose vraie ou pas à la main. Mes yeux semblent plus grands qu'ils ne sont réellement : deux taches noires, floues.

Au verso de l'image, il est écrit

Seule maison donnant l'avantage d'avoir quatre poses différentes dans la même douzaine pour cinq francs la douzaine.

Quatre poses pour cinq francs, du pigeon aux petits

pois, du Clos-Vougeot... Voilà ce qu'était l'existence vers 1906, à Paris.

A l'usine Nilmélior, on fabriquait des magnétos et des paratonnerres. Nilmélior? Un mot énigmatique que j'entendais répéter constamment. Qu'est-ce que cela voulait dire? Et Lacordaire? Qui était Lacordaire? Je pénétrais dans un monde mystérieux.

Je perdis ma mère, un matin, au marché Saint-Charles. Une marchande voulut prendre soin de moi; elle me donna des bobines de fil pour me distraire. Mais je ne pensais nullement à m'amuser avec des bobines; je sanglotais désespérément... Ma mère! J'avais perdu ma mère! C'est là que je fis la connaissance de l'adversité, rue Saint-Charles. Un agent de police vint se pencher sur moi paternellement, il m'interrogea. Je lui répondis sèchement :

« J'aime pas les flics. »

J'avais des avis tranchés. Maintenant, c'est plutôt de la crainte que j'éprouve devant un homme portant uniforme.

Dans le même temps, j'entendis aussi beaucoup parler de Mme Boucicaut — une belle figure du XVe arrondissement. Cette personne avait débuté modestement dans une mercerie de la rue Vaneau. On sait le reste: elle a aujourd'hui sa statue devant ses vastes magasins. On partait de rien, naguère, et l'on atteignait les plus hautes destinées, grâce à son amour du travail, sa frugalité, à sa longue patience. Les proverbes avaient encore tout leur sens, les petits ruisseaux faisaient les grandes rivières. Mme Boucicaut avait fini par prendre une place considérable dans mon esprit; je grandis en m'inspirant de son idéal, autant que je le pus; les résultats sont décevants.

Tout cela est vague, comme dans un conte aux pages

déchirées; les gens, les choses se confondent... Mme Boucicaut, Lacordaire, Félix Potin, Nilmélior, Chamberlin... Je me formais peu à peu une mythologie bien à moi.

Et l'eau de Javel! Son odeur chloreuse me met encore dans un état de légère exaltation, elle me fait monter mon enfance à la tête. Il y avait, à l'angle de notre rue et de la rue de Javel, un lavoir où ma mère allait faire sa lessive toutes les semaines. Il me semble que j'ai une sorte de droit de propriété sur l'eau de Javel : j'en connais la source.

L'épouse du directeur de l'usine Nilmélior avait réussi à obtenir de mon père que je fusse baptisé. Je suis bien reconnaissant à cette dame de s'être intéressée au salut de mon âme. La cérémonie eut lieu en l'église Saint-Jean-Baptiste de Grenelle. Ma marraine avait offert deux cornets de dragées, un tablier, une pièce de deux sous neuve et un pot de confiture de fraises. Ce fut cependant un baptême assez triste car mon père n'y assista pas. Non point que ses principes anticléricaux l'en eussent empêché, mais parce qu'il avait fait, le jour même, la conquête d'une femme dans le métro. Il ne rentra que le lendemain matin en disant qu'il avait mal au ventre. Ma mère lui fit incontinent des compresses. Il dit encore qu'il avait couché chez Moll, le lithographe. Notre ami Moll était un de ces ouvriers qualifiés, passionnés de leur art, comme on n'en trouve plus ; un maître en sa partie. Il imitait n'importe quelles actions ou obligations à s'y méprendre.

Par la suite, ma mère apprit la vérité : mon père avait passé la nuit dans un hôtel meublé en compagnie de la voyageuse du métro. C'était une capricieuse créature, elle hurlait, elle se débattait et il fallut que mon père dépensât beaucoup de forces pour la mater, s'il y est parvenu.

Je suppose que mon père eut une belle carrière galante. Il a sur la poitrine un curieux tatouage représentant un profil féminin, sous quoi il est écrit : « A Adrienne P. L. V. », ce qui signifie : pour la vie, en langage d'amoureux. Je ne sais rien de plus d'Adrienne, sinon qu'un soir mon père décampa après avoir lacéré sa jupe et mis le feu au lit dans lequel elle dormait, et en emportant son linge, qu'il vendit à la « Juive » de la rue Quincampoix, pour deux francs.

Il n'était pas facile de commercer avec cette fripière, car elle n'admettait que le paiement à domicile. Or, mon père n'avait, le plus souvent, pas de domicile. Et s'il se rendait chez la « Juive » c'était précisément dans l'espoir de recevoir d'elle de quoi louer un cabinet. C'était un cercle vicieux. Il devait se résoudre à avouer qu'il n'avait pas de résidence fixe, et à supporter un abattement sensible de l'estimation.

IX

Nous dûmes déguerpir de Grenelle, malheureusement. Mon père s'était laissé tenter par le platine des pointes de paratonnerre ; il en avait subtilisé quelques grammes. Dommage. Je m'étais fait un petit copain, Julot, avec qui je pataugeais autour de la pompe, dans la cour. Je perdais aussi une marraine. Nous quittâmes notre vieux voisin, le zouave qui avait fait la campagne du Mexique et qui me décrivait la prise de Puebla à la baïonnette, ainsi que le père Longet ; et le père Carra, un autre vieux voisin ; c'est lui qui, dans les derniers jours de la Commune, avait commandé le feu aux fusillades d'otages de la rue Haxo.

« J'ai pris ça sous mon bonnet », disait-il.

Il ne semblait pas affecté de remords exagérés, mais ce qui le tourmentait, après plus de trente ans, c'était d'avoir prélevé dix francs sur la réserve d'or de la Banque de France dont il avait la garde. C'était un homme chétif, toujours vêtu d'une blouse blanche.

Je quittai *l'École sage*, le lavoir de la rue de Javel, les fortifs ; la tour Eiffel et la Grande Roue toutes proches, au bout de la rue Saint-Charles, et le pompier barbu du square, un monument admirable. Le pompier tenait dans ses bras une dame élégante inanimée ; insensible à ses charmes, il avançait hardiment au milieu des flammes de pierre ; les dessous soyeux de la dame volaient au vent, ses cheveux aussi. Je n'avais jamais vu une aussi belle dame.

Ce fut un départ clandestin, précipité, mais pittoresque : il eut lieu en barque, car la rue Lacordaire et les environs étaient inondés. Cela se passa au cours de l'hiver 1910. Nous allâmes gîter aux Ternes, dans les quartiers riches, rue des Acacias où mes parents étaient parvenus à découvrir un petit taudis à leur convenance : une pièce mansardée, un débarras (ils m'y enfermaient lorsque j'étais méchant), les cabinets sur le palier.

Mais la chance nous avait suivis. Mon père obtint un emploi de magasinier — il se spécialisait enfin — dans un des garages d'automobiles qui se multipliaient alors dans ces parages.

A l'époque dont je parle, il n'y avait déjà plus un seul acacia dans la rue. Mais il y avait encore les remises de *l'Urbaine et la Seine*, juste en face de notre maison, d'où il nous venait de bonnes bouffées d'odeur de crottin de cheval. Les cochers de *l'Urbaine*, on les appelait les « boîtes à lait » par opposition aux « boîtes à cirage » d'une compagnie rivale. A cause des coiffures de carton bouilli blanc et brillant des uns, noir et brillant aussi des autres.

Je savais lire, écrire ; je me souviens de beaucoup de choses, c'est consigné quelque part. A partir de la rue des Acacias, tout devient plus distinct dans ma mémoire. Je vois des dames à voilette et à robes entravées, des messieurs à moustaches et à chapeaux melon, énormément de chapeaux melon... Nous étions heureux, nous fîmes faire une seconde série de photos chez Chamberlin. Ma mère avait, ce jour-là, une toque d'astrakan sur quoi était piqué un bouquet de violettes de Parme artificielles. Presque tout sent bon de ce côté de ma vie. Je pourrais raconter ma jeunesse en odeurs : l'eau de Javel, le crottin, les violettes... Plus tard, elle a senti mauvais.

La fête à Neuneu, le ballon captif dans le ciel de la Porte Maillot, Bostock à l'Hippodrome, la ménagerie Pezon, Footit et Chocolat, Martha la Corse, les piqueurs en jaquette rouge qui sonnaient du cor sur une terrasse de Luna-Park, le ratodrome où mon père m'emmenait le dimanche matin voir dévorer un rat par un fox-terrier... Que d'amusements! Le Jardin d'Acclimatation, les cafés, le cinématographe... Mon père m'apprenait Paris, rue par rue.

Et nos petits passe-temps en famille : sortes de bouts-rimés, de chœurs parlés, de poèmes à deux voix...

« Tu rotes, Charlotte?

— Non, maman, je pète. »

Mon père me demandait :

« Ça va, Anatole? »

Je lui répondais :

« Merde au cul, ma ch'mise colle. »

Et ensemble :

« Souviens-toi du pont d'Arcole! »

Il me posait des devinettes :

« Deux amoureux entrent dans une chambre... Qu'est-ce qu'ils font? »

Je répliquais :

« Ils s'embrassent. »

Parce que je savais que cela faisait rire mes parents.

« Mais non, disait mon père, c'est la bougie qui fond. »

Je devais avoir le pressentiment que les grandes personnes n'ont pas tant de motifs de se dérider.

Le soir, mon père plaçait un haricot rouge et un haricot blanc sous mon oreiller en me recommandant de bien les regarder : l'un à droite, l'autre à gauche...

« Demain matin, assurait-il, ils auront changé de place. »

Je prisais tellement ce tour que je chipais des haricots secs, blancs et rouges, par poignées, dans les sacs, à l'étalage de l'Italien du bas de la rue.

L'Italien avait une grande barbe blanche.

D'autres fois, mon père faisait des ombres chinoises, sur le mur, avec ses mains : le lapin, le chat, le chameau.

Ou bien, mes parents me permettaient, au réveil, d'aller les rejoindre dans leur lit. Je me couchais sur ma mère, mon père s'allongeait sur moi. J'étouffais un peu entre eux deux. C'est ce que nous nommions la « tartine ».

Je n'allais pas à l'école — mon père tenait à m'instruire par lui-même — on me laissait la bride sur le cou, je n'avais peur de rien, on ne m'avait pas encore parlé du bon Dieu.

Mon père réalisait quelques affaires : majorations de factures, grattages d'écritures... dont le produit venait s'ajouter à son salaire du garage. En outre, il avait initié ma mère à la fabrication de la fausse monnaie, ce qui nous procurait des ressources complémentaires, et nous dédommageait largement des périodes de morte-saison dans la fourchette. Non plus des pièces de quarante sous, comme celles de Pétrus, mais des pièces dorées de vingt francs. Nous nous élevions.

Ils faisaient cela au moyen de piles, de moules de plâtre, sur la table de toilette qui servait aussi d'écurie à mes chevaux de carton (j'en eus jusqu'à six). Moi, j'étais chargé du guet dans le débarras. Lorsque je signalais un bruit de pas sur le palier, ma mère jetait une serviette sur ses appareils. Ce devait être très émotionnant. Je me rappelle qu'il fallait aussi prendre des précautions pour se débarrasser des moules, une fois brisés en petits morceaux. Nous les poussions à l'égout, la nuit, par paquets, au cours de longues promenades. Mes parents usaient d'un langage convenu, ils appelaient cela — les fausses pièces — des « pipes ».

Je sais qu'un certain article du Code pénal puni des travaux forcés ceux qui ont contrefait ou falsifié la monnaie ainsi que leurs complices... Mais n'ai-je pas accompli ma peine de prison par anticipation, à Saint-Lazare, avant même que d'être au monde? D'ailleurs, je suis couvert par la prescription.

Il me reste de ce temps, un vocabulaire technique : pipes, piles, moules... Ces mots ont encore pour moi une signification toute particulière. Le mot : platine également. Et, je ne saurai expliquer pourquoi, le mot : ratine se trouve attaché aux autres. Peut-être parce que j'ai eu alors un pardessus de ratine. Il était très doux au toucher (le mot aussi) et il avait des boutons d'or marqués d'une ancre marine.

Car l'écoulement des « pipes » me valait d'innombrables profits. Mes parents étaient tenus d'acheter quantité de choses inutiles : des jouets, des gâteaux, du chocolat... Ils donnaient, de préférence, leur clientèle aux boutiquiers qui ne s'attardaient pas à faire sonner les pièces de vingt francs sur le marbre du comptoir. Elles étaient, certes, ressemblantes, mais elles ne rendaient pas le son de l'or. Autre inconvénient : elles noircissaient très vite, en cela elles ne valaient pas mieux que les pièces de Pétrus.

Nous allions fréquemment dans un magasin de

l'avenue des Ternes où l'on vendait des « petits cadorets », une spécialité bretonne, je crois. Non point par nécessité, mais simplement parce que la patronne était un peu tête en l'air. J'ai ingéré des petits cadorets par centaines grâce au commerce de mes parents. C'étaient des galettes rondes, dorées, savoureuses. Qui connaît encore de nos jours les « petits cadorets » ?

Et les caramels mous du *Chien qui saute?* Je revois un caniche sautant dans un cerceau.

J'étais vraiment un enfant gâté. La maladie me procurait un surplus d'avantages. Je me souviens que la coqueluche me rapporta un magnifique guignol, plus haut que moi. Je me souviens aussi que ma mère m'emmenait en bateau-mouche sur la Seine. C'est recommandé contre la coqueluche. J'avais fini par pratiquer une espèce de chantage. Tout était tarifé entre nous. Pas la moindre cuiller d'huile de ricin qui n'eût point toujours son agréable contre-partie. J'avais une tortue : Sophie.

Et pourtant, je volai à la devanture de *l'Économie Ménagère* qui n'était qu'un pauvre bazar. Je volai un sabot — c'est le nom de ces toupies que l'on faisait tourner à coups de fouet — je le cachai sous mon caban. Personne ne m'avait vu. N'empêche que ma mère me força à le rendre peu après, dans le but de me donner un échantillon d'honnêteté, sans doute. J'en avais besoin.

Je n'eus jamais, en fait d'arme à feu, qu'un fusil à amorces qui ne fonctionnait pas et que je portais en bandoulière par un bout de ficelle. N'importe, je me donnais des allures de bravache — j'ai changé. Ce qui faisait la singularité de ce fusil, c'était une tête de Peau-Rouge sculptée dans le bois de la crosse.

Plus tard, lorsqu'il s'agit de défendre le pays, je

reçus un autre fusil, sans aucune fioriture, mais sans bretelle non plus ; il me fallut encore une fois y attacher une ficelle. En vérité, je ne m'en servis pas, je veux dire que je n'ai ni tué ni blessé personne, mais il me parut lourd durant les jours et les nuits de la retraite, d'autant plus que la ficelle me coupait la peau et la chair de l'épaule. Je préfère de beaucoup mon premier.

J'avais aussi, jadis, une authentique baïonnette de sergent de ville avec quoi je me divertissais des heures entières, rien qu'à la tirer du fourreau et à la rengainer. Je me demande où mes parents avaient trouvé ce jouet original.

Dans ce quartier, il n'était pas de mise de déjeuner sur les fortifications. Nous mangions le dimanche chez Chartier, parmi les plantes vertes. Je commandais le vol-au-vent financière, à cause de son nom peut-être, et une timbale milanaise, pour dessert, à cause des petites amandes. Nous nous embourgeoisions. Mon père avait un faux-col, orné d'un nœud papillon ; il s'était acheté un costume élégant — laine et coton — pour vingt-quatre francs, chez *Hiche-Life Tailor.*

Presque tous les soirs, nous allions au café, soit au *Bar de l'Avenir*, soit chez Molorgue, soit chez Duchamp, avenue des Ternes. Je montais sur les tables, je tenais des discours de révolte aux consommateurs, et je terminais par le cri de « Vive l'Anarchie! » ou par quelques strophes d'un chant séditieux (de Guérard) :

Révolution! Révolution!
Debout partout! Révolution!

Ce qui faisait rire tout le monde. On me trouvait précoce. Je portais un chandail rouge ; j'étais bien le « Costaud des Ternes ». En fait, c'était toute l'éducation que m'inculquait mon père.

Il me conduisit quelquefois à Romainville, chez les anarchistes qui devaient, pour la plupart, devenir les « bandits tragiques ». Je vois encore nettement une énorme inscription sur un mur, en lettres noires :

L'ANARCHIE

Des hommes à chevelures de femmes et des femmes en vêtements masculins se promenaient dans un jardin, d'autres se prélassaient sur l'herbe. Ces gens m'étonnaient. Ils n'en étaient qu'à leurs débuts dans la reprise individuelle ; ils ne volaient que des boîtes de conserve ; ils se préparaient à mieux faire, à entrer bruyamment dans l'Histoire. Ils ont payé toute leur dette à la société : de leurs têtes.

Nous fréquentions aussi la Ruche de Sébastien Faure, à Rambouillet. Mon père l'appelait Sébast.

La venue du professeur Marcel chez Molorgue était annoncée par une affiche sur laquelle on reconnaissait le professeur en habit. Au bas de l'affiche était écrit :

HYPNOTISME. MYSTÈRE. GAITÉ

Nous ne rations pas le spectacle. Le professeur hypnotisait des clients, à qui il ordonnait de glisser sur le parquet de l'arrière-salle en chantant : *Le patinage à roulettes est un sport vraiment charmant,* un air en vogue. Les clients traînaient les pieds et s'essayaient à de gracieuses figures.

Le patin à roulettes, encore une preuve du génie français.

Ou bien, s'adressant au garçon d'étage de l'*Hôtel Belfast*, surnommé le « louchon », l'illusionniste disait : « Vous avez mal au ventre ». Cela prenait à tous les coups. « Très mal au ventre! ». Le louchon se déculottait frénétiquement devant nous, puis le professeur Marcel n'avait plus qu'à le mener par le bout du nez jusqu'à la poubelle où il faisait ses besoins. Non, la gaîté ne manquait pas ni le mystère.

Je me rappelle une soirée d'été à la terrasse du *Bar de l'Avenir*. Nous avions probablement trop chaud chez nous, sous les toits. Et puis, à la belle saison, les punaises devenaient agaçantes.

Deux gros globes électriques enveloppés d'un fin grillage répandaient sur nous et dans l'air de l'avenue une lumière laiteuse. C'était un petit gala pour moi, car, à la maison, nous nous éclairions au pétrole. J'entends encore le grésillement des crayons de ces lampes à arc. On distinguait la forme incertaine du Franc-Tireur des Ternes, sur la place. La boule nickelée où le garçon cachait sa lavette, brillait aussi, ce qui faisait presque un globe supplémentaire. On n'en voit plus guère de ces boules.

Nous avons dû passer, à trois, de nombreuses soirées d'été à peu près semblables, à peu près heureuses. Elles sont allées se perdre dans l'oubli. Je n'ai gardé le souvenir que d'une seule entre toutes.

Je buvais, comme toujours, une petite grenadine, offerte par le patron (voilà encore une charmante coutume qui a disparu), quand survint notre voisin, le « Terrassier ». C'était la terreur du quartier, un autre costaud des Ternes. Il se soûlait souvent, après quoi il battait longuement sa femme, une méridionale. Il était grand ; il avait un de ces amples pantalons de velours à côtes, serré aux chevilles — à la hussarde —

et, sanglé à la taille par une ceinture rouge de flanelle, une courte veste de toile noire. Il s'est identifié, progressivement, dans mon imagination avec Coupeau de *l'Assommoir* que je n'ai lu qu'après.

Il était sur le point d'entrer, il venait vers nous, je me serrai contre ma mère, lorsque trois ou quatre jeunes hommes l'attaquèrent : c'était un guet-apens. Ils crièrent, ils renversèrent des tables et des chaises, et la boule nickelée, ils étaient les uns sur les autres, ils cassèrent des verres. J'aperçus le « Terrassier » à terre, le visage rouge de sang, je n'avais jamais vu de sang, cela ressemblait à ma grenadine. C'était la première fois que j'assistais à pareille scène, la première fois que je voyais couler du sang d'une face humaine. C'est pourquoi j'en conserve souvenance. Par la suite, on m'expliqua que c'était bien fait pour lui, que c'était pour lui donner une leçon. On dit cela... Je crois que l'on se trompe. Mais quoi que l'on dise, je ne repense pas à cette soirée sans quelque tristesse.

Une leçon de quoi? Depuis lors, j'en ai vu bien d'autres. Je fais maintenant de la différence entre le sang et de la grenadine. Tout dernièrement encore, l'homme vient de se faire maltraiter; on lui a écrabouillé la gueule, comme au « Terrassier »; on l'a massacré. Il n'en reste presque plus rien. On l'a brûlé corps et âme.

Ma mère m'avait vivement entraîné aux cabinets; je ne peux donc témoigner sur la fin de la bataille. Il est à peu près sûr que mon père y prit part, du côté des jeunes, car il n'aimait pas du tout le « Terrassier ». L'occasion paraissait bonne d'en terminer avec lui, à coups de pied sur la tête, une fois pour toutes. Mon père était bouillant, il l'est resté. Je ne tiens pas de lui, je n'ai nulle inclination pour les disputes, moins encore pour les rixes ; je ne suis pas très courageux, je l'ai, maintes fois, prouvé.

Ultérieurement, je vis Molorgue corriger, à plusieurs reprises, des mauvais payeurs, en leur tapant de son poing sur la binette. Molorgue faisait trop de crédit ; Molorgue était bien trop bon. Je ne suis jamais parvenu à m'habituer complètement à cette coutume de se payer sur la bête. J'aurais quelque tendance à être du parti des bêtes, plutôt que des molorgues.

Pourtant, les commerçants étaient amènes en général, gras et souriants. Durant la semaine des étrennes, ils faisaient mille largesses à leur fidèle pratique. La crémière offrait des mandarines emballées d'un papier qui imitait la dentelle. Le boucher dispensait de la vaisselle en faïence. Le cafetier remettait des canifs, des tire-bouchons, des miroirs de poche, et même des portefeuilles sur lesquels étaient imprimés en creux son nom d'Auvergnat ou le titre de son enseigne. J'eus en ma possession un portefeuille du *Bar de l'Avenir*, ce fut mon premier portefeuille. D'autres bistrots vous permettaient, ces jours-là, d'emporter votre verre vide. Peu après, les boulangers vous fournissaient gratuitement la galette des rois. Tandis qu'aujourd'hui...

Et partout se pratiquait le système des tickets-primes. On était poussé à la consommation. A *La Vigneronne*, rue des Acacias, où nous nous approvisionnions en boissons, nous recevions un timbre-prime pour chaque litre de vin que nous achetions. En entrant dans la petite boutique, j'étais frappé par une épaisse odeur violâtre, de lie et de futaille. Il me souvient que la gérante nous fit cadeau d'une « mère », avec quoi nous pûmes produire notre vinaigre nous-mêmes. Lorsque l'on avait réuni dans un carnet un certain nombre de timbres-primes, l'on était autorisé à choisir la prime dans le catalogue, soit un service à café, soit une batterie de cuisine, soit une douzaine de serviettes-éponge, ou un sujet artistique pour décorer le dessus de la cheminée, suivant la quantité de litres de vin que l'on avait bus.

Les grands magasins faisaient don de ballons de baudruche aux enfants, tous les jeudis, et ils les régalaient de sirop d'orgeat.

Nous tenions le bonheur sous la main ; ce n'était pas un rêve.

Le portefeuille du *Bar de l'Avenir* avait plusieurs poches et il était en toile cirée verte, gaufrée, du genre peau de crocodile.

X

Et quel merveilleux garage! Il régnait sous la verrière de puissantes émanations d'essence et de caoutchouc qui remplaçaient celle du crottin. J'y vis les premières automobiles : des limousines, des phaétons, des torpédos. J'appris à connaître les marques : De Dion-Bouton, Panhard et Levassor, Clément Bayard, Darracq, Charron, Léon Bollée, Renault; les pneus Michelin. Ah, je suis bien l'enfant de ce siècle de la mécanique! Et quelle prestigieuse clientèle : le prince Orloff qui giflait publiquement son chauffeur avec le consentement de ce dernier et à raison d'un louis la gifle; Mary Garden de l'Opéra de New-York (elle exigeait que l'on mît des fleurs fraîches chaque matin dans sa voiture); des banquiers; des demi-mondaines; un comte qui faisait construire dans l'atelier un oiseau phénoménal qui se développait jour après jour : un aéroplane. J'allais lui caresser les ailes. Il était composé de toile, de tubes, de roues de bicyclette... Il ne put jamais s'envoler. Ce comte omettait de solder ses notes.

En vérité, jamais peut-être un siècle ne commença avec de plus riantes façons que le nôtre. Ce fut une suite de fêtes. On inaugurait officiellement la ligne numéro 1 du Métropolitain, de Vincennes à Maillot. Nous prenions un bon départ, dans la direction du progrès, du bien-être, de la science, sous les regards maternels d'une France aux dessous froufroutants et aux mamelles bombantes, l'une étant le labourage, l'autre le pastourage, à moins que ce ne fussent le commerce et l'industrie.

Peu importe, nous entrions décidément dans une ère nouvelle, un autre Grand Siècle. Toujours plus haut, toujours plus loin, toujours plus de lumière. Nous avançâmes ainsi de monts en merveilles durant une dizaine d'années — quatorze exactement. Jusqu'où ne serions-nous point allés de ce pas ?

Nous prîmes le pli de nous rendre chaque automne au Salon de l'Automobile. Notre admiration était désintéressée; nous ne pensions pas qu'un de ces véhicules à moteur pût jamais nous appartenir.

Il y avait là un gigantesque automate tout en pneus appelé le père Bibendum. On remettait aux dames une broche à son effigie.

Nous buvions les obstacles, nous marchions à pas de géants dans tous les domaines, nous étions plus légers que l'air. On eût pu atteindre la perfection.

Au ciel, des dirigeables, des aérostats. Blériot traversait la Manche. Chez les enfants, la mode se répandit de porter la casquette à l'envers, la visière sur la nuque, « à la Blériot », comme nous disions.

Et Védrines, et Paulhan, et Latham, et Brindejonc des Moulinais qui réalisa le « looping the loop » (en français : boucler la boucle). L'éther était conquis.

Je fis, moi, du cent à l'heure sur une route des environs de Villeneuve-Saint-Georges. Il me fut donné d'entrevoir la comète de 1910 dans des verres fumés distribués gracieusement par les boulets Bernot (les boulets, une autre innovation). Cette comète avait une longue traîne scintillante de danseuse.

Progrès, progrès... Découverte du faux-col en celluloïd, lavable, économique. Siècle en pleine croissance (moi aussi). Le téléphone, le water-chute, la poule au pot, la jupe-culotte, le chapeau-claque, le cache-corset, la vente à tempérament, le jiu-jitsu, le titre Fix. Douceur de l'existence. Le confort moderne nous était largement départi. Sur les façades de nos demeures se multiplièrent les petites plaques bleues : eau, gaz à tous les étages. A la longue, ma mère eût réalisé une de ses visées : avoir un robinet bien à elle.

Dans notre journal, une annonce revenait tous les matins. On voyait un monsieur chauve et hilare, à plastron, fumant un havane de prix, aux côtés d'une dame décolletée et littéralement couverte de bijoux. Lorsque je cherche à me représenter un nabab, c'est ce monsieur qui apparaît. Au-dessous de ce couple, on lisait une question :

« POUR ÊTRE HEUREUX, QUE FAUT-IL ? »

Et la réponse :

« UN PEU D'OR. »

En effet, notre « standard » de vie s'améliorait sans cesse. Toujours jeune, grâce à Lejeune. Ribby habillait mieux. Maxima payait au maximum. Nous nous vautrions dans l'épicurisme et le bon marché ; nous prenions des manières sybaritiques ; on nous comblait. Les rares billets de banque que j'eus sous le nez étaient aromatisés à la poudre de riz. L'argent avait une bonne odeur. Nous nous imaginions loin du paupérisme du siècle précédent.

Nous avons mangé notre pain blanc le premier, sans le savoir.

Cet âge eut ses hommes illustres : Parfrement, Dufayel, Lépine, Félix Potin, Bébé Cadum, Fallières... Rien que des civils. Et Mme Boucicaut.

Les gouvernements de la IIIe République n'arrêtaient pas d'encourager les Beaux-Arts ; le bronze coulait à pleins bords. Pas une place, pas un carrefour qui n'eût son grand Français en redingote.

Autre invention : le cinématographe. Nous allions applaudir Max Linder, Fantômas, Bout-de-Zan, à qui je ressemblais, m'a-t-on dit, Rigadin... Le cinéma, c'est notre théâtre, comme le poireau est l'asperge du pauvre. Je garde en moi les images de couleurs violentes des *Trois Mousquetaires* et du *Siège de Calais* que je vis au *Demours-Palace.* Je perdis dans cette salle une écharpe de laine bleu ciel et bleu foncé (une bande verticale en bleu ciel, une bande verticale en bleu foncé) que ma mère avait trouvé le temps de tricoter pour moi.

J'eus une lanterne magique, une petite boîte grenat surmontée d'une cheminée de cuivre. Il ne m'était pas permis de toucher à l'appareil, mais seulement de regarder mon père opérer. Un matin, que je me trouvais seul, j'accrochai un vieux manteau devant la fenêtre pour faire l'obscurité. J'avais aussi fixé un torchon de cuisine au mur, en guise d'écran. Ensuite, j'allumai la lampe à pétrole avec une allumette. Pétrole, allumettes... objets défendus. En général, je n'étais pas désobéissant ni non plus très industrieux. Il fallait que mon attirance pour le cinéma fût déjà forte.

Il suffisait de faire glisser des plaques de verre rectangulaires dans une fente. Je possédais une belle série de vues chinoises ; en les agitant un peu on obtenait une impression de mouvement.

Lorsque ma mère rentra, j'admirais encore mes vues chinoises, parmi une fumée épaisse et des flammèches : le linge à sécher sur une corde au-dessus de ma tête flambait sans que je m'en fusse aperçu. La mèche avait filé. Un peu plus, je brûlais aussi. Ma mère saisit la petite boîte grenat, les vues, y compris les chinoises, le linge et se mit à piétiner le tout. Je reçus une claque. Et mon père, de son côté, me menaça de me couper en petites tranches.

Heureusement que nous étions assurés. Je crois pouvoir ajouter que l'opération nous laissa un léger bénéfice.

XI

Mon existence coulait douce. J'étais à l'abri, bien au creux de la vie. Rien que de repenser à ces premières petites années, ça me chante encore un peu dans le ventre. J'ai eu alors ma portion de bonheur.

Jusqu'au jour où, m'étant approché de trop près du bel aéroplane du comte, je perdis pied et je tombai dans la fosse, la tête en avant. Je dus m'évanouir et, cependant, je me sens emporté par mon père au *Bar de l'Avenir* où l'on me fit boire un verre de vulnéraire. Je sens qu'il courait et qu'il me serrait dans ses bras et qu'il avait très peur que je ferme les yeux pour de bon, je sens qu'il m'aimait de toute sa force. Je perçois tout cela, clairement, je vois l'aéroplane, fragile, prêt à prendre son vol...

A partir de la chute, ma fortune changea, ou plutôt le monde changea autour de moi. D'abord, je fis un long séjour à l'hôpital ; on m'opéra ; j'eus un commencement de méningite ; puis une maladie des os se déclara. Je n'ai plus qu'une impression confuse de ces tables chirurgicales, de ces hommes, de ces femmes vêtus de blanc. Combien de temps restai-je dans ces grandes salles qui sentaient le chloroforme ? Combien de temps restai-je couché, dans le plâtre? Sans mes chevaux, sans Sophie, sans mon fusil, loin du garage?

Ensuite, je fus envoyé à Berck-Plage, en pension. Je m'éloignais de mes parents, et de Paris, pour la première fois. La pension s'appelait : *Chalet Ma Cousine ;* j'y passai deux ans. C'est là que je devins triste définitivement, c'est là que je désappris à rire.

J'entrai en classe ; on me conduisit à l'église. Il me fallait tout apprendre. Je pris rapidement l'usage d'enfermer mes pensées à double tour. A qui les aurais-je montrées ? J'étais seul. J'eus un long commerce avec le bon Dieu, la bonne Vierge et tous les Saints. Mes parents venaient à Berck, alternativement, mais pas assez souvent. Je portais une coiffure de laine, dite « polo », un costume de jersey et des sandales.

Le dimanche de Pâques, on nous faisait nous prosterner dans la cour, le front dans le sable. Il était interdit de lever les yeux. Et, en même temps que l'on entendait voler les cloches qui rentraient de Rome, des œufs de chocolat ou de sucre se mettaient à tomber sur nous. Mais pourquoi nous obligeait-on à édifier un monticule de crottin d'âne à nos côtés ?

Car je m'étais mis à croire en tout, aux cloches de Pâques, au Père Noël, à Croquemitaine, au petit Jésus, aux poissons d'avril... C'était neuf pour moi. Le tour d'esprit libertaire que m'avait donné mon père s'effaça très vite. Finis les grands cris dévastateurs. Je n'étais plus le petit dessalé du début de cette histoire, ma ressemblance avec Siméon s'arrête là.

Un beau jour que, par exception, mon père avait gagné à la roulette au Kursaal, il offrit à tous les enfants de la pension un joli feu de Bengale, vert et rouge. Un autre jour, il loua un tonneau à l'heure, attelé d'un cheval : Gamin. Mon père ne savait pas guider. Gamin nous fit verser dans un fossé; il ne trotta vraiment qu'au retour. La promenade fut trop brève. Nous nous amusâmes bien quand même. Un matin, je trouvai ma tortue sur mon édredon. La directrice n'eut aucun mal à me faire accroire qu'elle était venue de Paris à Berck, en suivant les rails. C'était mon père qui me l'avait apportée. Il s'évertuait à m'égayer. Mais il lui arrivait, le plus souvent, de perdre tout son argent au Kursaal; il devait alors écourter son congé; mais il avait la sagesse de se munir d'un billet aller-retour. Il prenait de l'âge.

Il m'a dit, bien longtemps après, que je lui faisais tant de peine au moment des adieux, qu'il en pleurait dans le tortillard jusqu'à Rang-du-Fliers-Virton, l'embranchement pour Paris. Moi, je ne pleurais pas, j'avais aussi désappris à pleurer en public; j'avais une douleur sèche, intérieure, mais cuisante, une douleur d'homme déjà.

J'ai en ma possession deux photos d'amateur remontant à cette période berckoise. Elles sont quelque peu déteintes, comme gommées par le frottement du temps. Sur l'une d'elles, nous formons un groupe sur un bateau de pêche, à marée basse. Je reconnais la petite Jacqueline à son chapeau « Jean Bart ». C'est elle qui, sur une fin d'après-midi d'arrière-saison que nous nous ennuyions, me montra ce qu'il y avait sous sa culotte à festons, entre ses jambes : rien du tout, un vide qui, sur l'instant, ne me fit pas grande impression. J'ignorais que cela dût avoir une telle importance dans la suite et que j'allais, ma vie durant, fouiller, touiller là-dedans, interminablement, sans jamais en toucher le fond.

Peu après, nous expérimentâmes une copulation indécise. Jacqueline tenait dans une certaine inclinaison une de ces glaces de poche, rondes, au dos de celluloïd, que l'on donnait à titre de réclame ; elle tenait à se rendre compte. C'était une fille d'un naturel taciturne. Nous fûmes d'ailleurs surpris par la surveillante tandis que nous jouions ainsi au papa et à la maman.

Sur cette photo, j'occupe la place du centre ; je suis accoudé dans une attitude méditative. Sur la seconde photo, nous sommes le long d'une barque. Jacqueline est là. Je me tiens à l'écart, l'air farouche, les cheveux sur le front, je serre un cordage...

En général, sur toutes les photographies de groupe, je ne suis jamais à l'alignement, mais plutôt en retrait, à part, comme si je voulais me mettre moi-même en quarantaine.

Qu'est-elle devenue, la petite Jacqueline ? Ma première amoureuse.

Oui, quelque chose s'était cassé dans ma chute du garage.

⁂

Deux ans d'exil qui ont un rude parfum de goudron, de sable, d'eau de mer...

La mer, c'est très différent de la Seine ; c'est plus grand, plus large, plus vaste ; ça n'est pas allongé, c'est informe ; et c'est salé, très salé. Elle avait le même goût que les larmes du soir qui me coulaient dans la bouche.

Ce parfum de solitude, c'est tout ce qui me reste, hormis les rares souvenirs que le grand vent à rafales de là-bas n'a point balayés... le marchand de « plaisirs » que l'on revoyait chaque été avec sa boîte oblongue et son tourniquet ; les bains de pieds dans les « baches » ; la pêche aux crevettes (je n'en attrapais jamais) ; les feux de Bengale ; le biplan de Caudron qui vint atterrir sur la plage, presque en face du chalet ; notre équipée avec Gamin...

Mais les hivers étaient si longs qu'il me semble que ce ne fut qu'un hiver de deux ans, ininterrompu.

Je retrouve aussi quelques mots de marins, tels que : cabestan, foc, équinoxe... Et une chanson de Dalbret : *Petits enfants, prenez garde aux flots bleus....* Mais il se peut que je fasse erreur ; elle date probablement de plus tard.

On nous disait qu'à l'équinoxe la marée monte à l'allure d'un cheval au galop (c'était une image)... Je voyais, je vois encore, ces grands chevaux affolés, tirant après eux toute la mer, je vois leur crinière d'écume, j'entends la rumeur de l'effrayante cavalcade... J'ai peur de l'eau.

XII

Lorsque je revins à Paris, en 1913, mes parents vivaient séparés. Ma mère habitait seule dans une chambre assez semblable à celle de la rue des Acacias, dans le même quartier, au fond d'une cour, sous les toits, rue Serpollet. Mais, dans cette cour, il restait un grand acacia.

Le ballon captif de la Porte Maillot avait, entre temps, rompu son câble.

Au bas de notre rue, sur la place, nous avions la statue de Serpollet. C'est un beau monument de pierre ; la brise souffle dans les cache-poussière, ce qui donne un effet de vitesse ; des personnages des deux sexes saluent celui qui conçut la chaudière à vaporisation instantanée en écumant son pot-au-feu, celui qui parcourut le premier la distance de Paris à Saint-Germain-en-Laye au volant d'un tricycle à vapeur : Serpollet. Un monsieur à barbe et à faux-col raide se précipite avec nervosité au-devant du véhicule, au risque de se faire broyer par le monstre dont le conducteur ne paraît plus être le maître.

Les femmes s'engouaient alors pour les pleureuses. Ma mère renonça aux fourchettes, où il y avait trop d'aléas, pour devenir plumassière. C'était un métier malsain et mal payé. Ma mère devait, en outre, faire des ménages chez des gens riches.

Le marquis de la rue Pergolèse était exquisément poli. Il appelait ma mère : « Madame ». Il l'aidait à mettre son manteau. Ma mère était sensible à ces attentions inhabituelles. C'était un veuf. Il ne voulait pas que quelqu'un entrât dans la chambre à coucher de sa femme ; il se chargeait de la balayer, ce qui allégeait la tâche de ma mère. Le tarif était de vingt-cinq centimes de l'heure. Mme Champion, de la rue de la Pompe, payait mieux : trente centimes. Mais je crois que ma mère eût travaillé pour rien chez le marquis, à cause de sa courtoisie. C'est, du moins, ce que j'aurais fait à sa place.

Moi, j'allais à l'école communale de la rue Saint-Ferdinand. Plus de « petits cadorets », plus de caramels mous, car ma mère avait également renoncé aux « pipes ». Nous avions découvert un pâtissier qui vendait au rabais des petits fours frais de l'avant-veille. Ils étaient excellents. Je n'en ai jamais mangé d'aussi bons, d'aussi fondants.

Le jeudi, il m'était permis d'accompagner ma mère chez Mme Champion. Je restais dans la cuisine. Défense de toucher à rien. J'étais attiré par le salon ; je ne savais pas à quoi cela servait.

Mais j'étais, en règle générale, laissé à moi-même, rue Serpollet ; je jouais avec mon fusil à tête de Peau-Rouge retrouvé, ou bien, simplement, à l'omnibus, en disposant des chaises les unes derrière les autres. Quand ma mère se trouvait à la maison, je la forçais à s'asseoir, pour un moment, je lui délivrais un petit ticket contre un bouton de nacre, c'était mon unique voyageuse, et je criais : « En voiture ! » Je faisais le receveur, le cocher, les chevaux en même temps, les bruits du fouet, de la trompette, les hennissements. J'avais inventé ce jeu-là, à moins que ce ne fût une réminiscence de la rue de Ménilmontant.

J'en avais imaginé un autre : celui de l'abonneur. Mais il fallait être deux, j'avais besoin d'Arthur, le fils de la « Marseillaise ». Je m'en allais sur le palier, j'avais sous le bras un vieux sac à main de ma mère. Arthur s'enfermait dans notre chambre. Je frappais à la porte (Arthur ne devait rien répondre, c'était facile), je frappais plus fort, Arthur continuait à faire le mort, je disais alors d'une grosse voix : « Ouvrez, c'est l'abonneur! » Ensuite, nous intervertissions les rôles ; à mon tour, je retenais mon souffle contre la porte. C'était un jeu quelque peu caricatural, une espèce de charivari discret, car nous avions tous dans la maison une grande crainte des abonneurs.

Il nous arrivait, à dates fixes, de jouer à ce petit jeu, ma mère et moi, avec, pour partenaire, un vrai abonneur sur le palier, un vrai, avec son godet d'encre pendant sur le gilet comme une breloque, et portant la livrée du *Bon Génie* ou de Dufayel, le vulgarisateur méritant de la vente à tempérament. Nous n'avions pas souvent les deux francs hebdomadaires qu'il fallait verser en paiement de nos achats. L'abonneur n'était pas dupe de notre silence, pas plus qu'Arthur et moi alors que nous jouions. Il paraît que certaines femmes, démunies d'argent, réglaient sur-le-champ l'abonneur au moyen de leurs charmes. Elles gagnaient une semaine de répit contre cette complaisance. Avec deux francs, en ce temps-là, on pouvait faire beaucoup de choses. Encore une honorable profession, bien qu'un peu éreintante, qui n'existe plus, par suite de la disparition du crédit et du minimum de confiance que cela comportait.

J'ai devant moi une photographie prise dans la cour de l'école de la rue Saint-Ferdinand. Une cinquantaine de garçons sur quatre rangs, les plus petits assis, les autres debout. A gauche, un gros homme qui devait être notre directeur ; à droite, M. Vialle, à la moustache à pointes cosmétiquées. Je suis au troisième rang, bien reconnaissable à mes cheveux à la chien, mon col rabattu et ma lavallière (bleue, je m'en souviens) à pois blancs, à demi dénouée, et surtout à ce léger penchement de la tête de quelqu'un qui écoute sans rien entendre, à cette bouche qui ne sait plus s'ouvrir pour sourire... J'ai, comme mes condisciples, un tablier noir en satinette. C'est ma mère qui les confectionnait de ses mains le soir : elle les coupait, les bâtissait, les cousait. Ils étaient plus résistants que ceux de la mercière, et moins chers. M. Vialle nous battait les mollets à l'aide d'une longue baguette flexible qui servait aussi à souligner le cours sinueux des rivières sur la grande carte murale de la France. D'où mon manque d'intérêt pour la géographie.

Notre voisine, la « Marseillaise », la mère d'Arthur, était diseuse de bonne aventure. Elle enseigna sa connaissance à ma mère qui, à la longue, se fit un petit achalandage de boniches, en majorité. Ce fut d'un bon appoint. C'eût été mieux encore si ma mère avait su y mettre la pointe de chiqué nécessaire, mais elle ne put jamais faire le grand jeu ni les tarots, ni le marc de café ni le blanc d'œuf. Elle ne parvint non plus jamais à se faire imprimer des cartes de visite, ou tout au moins des prospectus. Avoir des cartes de visite au nom de Madame Eva, cartomancienne, ce fut une autre des aspirations de sa vie.

A l'école de la rue Saint-Ferdinand, je remportai quelques succès, j'avais encore une bonne mémoire. J'obtins des prix, parmi lesquels une histoire illustrée du règne de Napoléon, rien ne pouvait m'être plus agréable : j'étais passé au bonapartisme.

Un jour que ma mère était venue me chercher, mon nouveau maître, M. Hervaux, la prit en particulier et lui déclara :

« Madame, votre fils est un futur grand homme. »

Il s'est mépris. Cet entretien eut lieu en face de l'école, sous une porte cochère où, par la suite, je me rendis à plusieurs reprises, mais toujours furtivement, en me cachant de la concierge, chez une nommée Marie-Louise, native de la Haute-Loire, une grosse fille avec qui je forniquais en fin de semaine. Cela n'a pas de rapport avec la phrase de mon instituteur, évidemment.

Après bien des années, j'ai rencontré M. Hervaux, il avait vieilli, il doit être mort à cette heure. Durant ses cours, il s'interrompait souvent pour cracher dans un petit pot à moutarde.

Nous allions parfois tirer les cartes en ville. Entre autres clientes, il y avait Renée, une cocotte qui logeait dans un hôtel meublé de la rue Brey, à côté du Mont-de-Piété que je connais bien aussi. Renée était grassouillette et rieuse ; elle avait les cheveux noirs. Elle nous recevait au lit dans une pièce aux volets fermés en plein jour. J'admirais secrètement son beau linge rose à dentelles, mais ce qui m'a le plus troublé, c'est la senteur du vernis qu'elle se mettait au pinceau sur les ongles. Aujourd'hui, quand je flaire cette odeur, je ne peux pas ne pas revoir Renée, dans son lit, et il me vient des idées roses, comme son linge, comme ses ongles ; roses et voluptueuses en même temps.

L'odeur du vernis à ongles a pour moi des propriétés un peu aphrodisiaques.

En rentrant de chez Renée, nous chapardions trois ou quatre pavés de bois. Il y en avait toujours des tas en réserve sur les trottoirs de l'avenue Mac-Mahon. Le pavé de bois, tout imprégné de goudron, brûle parfaitement dans les poêles. Il est regrettable que les autorités municipales n'utilisent plus cette qualité de pavage.

Il y eut une tentative de réconciliation entre mon père et ma mère. J'assistai au rendez-vous qui était fixé dans le passage des Petites-Écuries. Ils se disputèrent tout de suite. Les passants s'attroupèrent. Mon père donna un coup à ma mère, un coup de genou ; ma mère vacilla, je ressentis le choc moi aussi. Ils n'en restèrent pas là : il y eut un second essai, hors de ma présence, rue des Acacias. Mon père, cette fois, cassa plusieurs dents de devant de ma mère. Après quoi, ils ne se revirent plus d'une année.

C'est peu après (ou avant?) ces incidents que Fragson lançait *Alexis*. Par malheur, je ne m'en remémore qu'un seul couplet...

Je m'suis marié tout dernièr'ment
Avec la veuve Durand.
Elle regrett' son premier mari,
Elle veut que j'fasse comm'lui.

Mais le refrain est encore intégralement dans mon esprit :

J'mange des choux farcis,
Comm' Alexis.
Et quand j'suis rempli,
Comm' Alexis,
J' prends d'la magnésie,
Comm' Alexis.

Ainsi, ma culture musicale se formait insensiblement.

Ma mère avait les plus grandes difficultés pour assurer notre matérielle ; elle ne disposait pas de loisirs pour s'attacher aux détails de ma formation intellectuelle et morale. Les ménages, les plumes, les cartes tout ensemble ne procuraient point de revenus suffisants. Qu'allait-elle faire le soir, aux entours de la place de l'Étoile, sans moi qui d'ordinaire la suivais partout ? Je restais en garde chez la « Marseillaise », qui m'obligeait à manger de la soupe au vin. J'aurais tant voulu aller avec ma mère sur cette place où les tramways à vapeur faisaient leur charbon... un homme fourgonnait dans le foyer avec un long tisonnier, les escarbilles rouges roulaient sur la chaussée... L'Arc de Triomphe où j'étais monté sur les épaules de mon père, j'avais eu très peur dans l'escalier. On n'avait pas encore enterré de poilu inconnu sous l'arche. Il était bien vivant ; il avait vingt ans tout au plus, il ne se doutait pas de l'honneur qui allait lui échoir... Et la grande station de métro, toute en verre grenu jaune serin et en fer, était très belle.

Ma mère rentrait tard.

XIII

1913, un bien joli temps de paix! En fait d'événements notables, je vois un grand incendie chez Balthazar, le dépôt de charbon, proche de notre maison qui faillit brûler. Nous dûmes nous lever dans la nuit, en emportant quelques bricoles. J'avais pu sauver mon cheval préféré.

Il y eut l'internement de notre voisine qui passait ses nuits, à genoux, aux aguets, près de sa fenêtre; elle se sentait épiée, persécutée...

« L'Italie m'en veut », prétendait-elle.

Sa bru se plaignait qu'elle l'emmerdât depuis seize ans et qu'elle donnât, en cachette, des tartines de cirage à ses enfants.

Nous avons eu aussi l'internement d'une autre voisine de carré, Mme Després, que son mari martyrisait en tête-à-tête.

« Demande-lui pourquoi je pleure », me disait-elle.

Le père Després arriva à ses fins: sa femme fut envoyée à Charenton. Il adorait les oiseaux; il avait apprivoisé un serin qui volait dans leur chambre.

Au début de la même année, il y eut l'affaire des

cacas : un matin, la concierge trouva un caca posé sur la deuxième marche de la loge, un caca de personne, incontestablement, non pas un caca de chien. Le lendemain, elle buta, sur la même marche, contre un autre caca, emballé dans un sac. Le troisième jour, ce fut de nouveau un caca, non emballé. Les locataires se mirent à débattre là-dessus. On soupçonna les Camus qui n'avaient pas donné d'étrennes et qui avaient tiré les rois jusqu'à deux heures. Mais c'était sans preuves. Le concierge passa la quatrième nuit debout, une banderille à la main, prêt à tout. Il ne se passa rien ; l'énigme ne fut pas élucidée. La banderille avait été prêtée par un des locataires.

Une autre fois, nous assistâmes au passage de LL. MM. le roi George V et la reine Mary et du Président Poincaré, qui avait remplacé le Président Fallières. J'entrevis leur carrosse doré parcourant l'avenue du Bois ; c'était magnifique. Je trouve pourtant que ces visites de souverains anglais n'annoncent rien de bon. On a revu leurs successeurs : George VI et Élizabeth, aux environs de 1938, en grand apparat, en compagnie de la même Mary, reine-mère. Je me suis trouvé, par hasard, encore une fois sur leur chemin. Ils n'étaient plus en carrosse doré, mais dans une automobile qui filait. Plus de laquais, plus de cuirassiers. Poincaré était mort, quantité d'autres gens aussi. Il me sembla que l'on allait reprendre la même pièce, avec d'autres acteurs, à l'exception de la reine Mary à qui je souhaite prospérité. La deuxième guerre mondiale éclatait effectivement un an plus tard. A quand la prochaine visite royale ?

Fragson chantait une nouvelle rengaine : *Si tu veux faire mon bonheur, Marguerite, Marguerite...* Je vis danser le tango dans un cinéma, en attraction, par deux faux Argentins dont le plus grand faisait la femme...

C'est sous le ciel de l'Argentine
Où la femme est toujours divine.

Je vis d'exaltantes revues du Quatorze Juillet. Ma mère, qui n'avait pas les mêmes préventions que mon père, m'y menait. Nous criions très fort : « Vive l'armée! » C'est fini. On ne reverra plus d'aussi grandioses revues. Nos soldats arboraient encore des pantalons rouges et des képis à pompons; les dragons avaient encore un casque brillant orné d'une fière queue de cheval; les hussards, la garde... Et nous marchions vers un but, d'un seul pas : l'Alsace et la Lorraine. L'avenir était devant nous. Aujourd'hui, nous avons l'Alsace et la Loraine, mais de l'avenir que nous en reste-t-il? Tout est kaki, maintenant.

Le quatorze juillet, notre concierge récurait les cabinets à fond.

Peu auparavant, quelques coups de feu avaient retenti. Ce n'était que la bande à Bonnot, les amis de mon père que nous avions vus à Romainville.

Déjà, deux ou trois petites guerres avaient eu lieu dans les Balkans. J'en avais suivi les péripéties dans *l'Épatant* avec les Pieds Nickelés. En outre, j'avais souvent entendu parler autour de moi d'autres guerres, conflits, tensions... La guerre des Boërs, qui m'avait donné l'idée de me faire un chapeau à bord relevé d'un côté pour mes jeux solitaires qui n'excluaient point une certaine mise en scène; la guerre russo-japonaise... Nous étions très russophiles vers 1900 et plus tard. Il en reste des traces : le pont Alexandre III, le chapeau Cronstadt, la rue du même nom, la rue de

Saint-Pétersbourg (qui est devenue successivement de Pétrograd, puis de Léningrad). Il y a aussi la crème franco-russe, un dessert instantané.

Je poussai dans le tumulte des combats, lointains il est vrai. Je fus frappé par divers mots (je les ai toujours aimés). Des noms de lieux : Port-Arthur, à cause, sans doute, de mon petit copain de palier. Des noms de choses : les balles dum-dum...

Entre Arthur et moi, c'étaient de grandes discussions sur cette balle prodigieuse, bien qu'aucun de nous deux n'eût pu expliquer ce que c'était vraiment. Elle vous explosait terriblement dans le corps, disait Arthur, elle était en plomb et l'on y taillait, par surcroît, des encoches qui causaient des blessures inguérissables à ces malheureux Boërs. En somme, rien de précis. Toutefois, il demeure que cette balle représenta pour nous le comble du perfectionnement en matière d'armement. Aujourd'hui l'on peut s'en moquer ; nous exterminons beaucoup mieux nos semblables.

Quant au désastre de Port-Arthur, si je le ressentis vivement c'est sûrement parce que je vis un jour, en matinée, *la Course aux dollars*, au Châtelet, où je fus le témoin impuissant de la destruction de toute la flotte tzariste, une unité après l'autre. Les ouvreuses du Châtelet donnaient des poufs aux enfants afin qu'ils pussent suivre le spectacle par-dessus la tête des parents. Il se peut que cette gentille tradition subsiste.

Je m'étais mis à lire *les Aventures de Nick Carter, le roi des détectives ;* je lus également *Buffalo Bill* et *Zigomar peau d'Anguille*, en entier, *Fantômas*, *Arsène Lupin*, *Sherlock Holmes*, et, dans un genre bien différent, *la Juive du Château Trompette...* Innocentes lectures à bon marché : gentlemen-cambrioleurs, escarpes à manchettes, batteurs d'estrade, voleurs mondains, aigrefins en jaquette, escrocs moustachus, monte-en-l'air à foulard, ou quelque assassin circonspect. Ce n'était qu'un jeu pour la police de leur passer, à la fin, les menottes, car le bon droit triomphait toujours en ce temps-là.

Dans *Zigomar*, il y avait une certaine « femme rousse » en maillot noir qui n'a pas tout à fait cessé de m'enfiévrer.

C'était une ère bourgeoise, on le voit bien aujourd'hui.

Puis, *Le Matin* (notre journal) annonça à grands frais la publication d'un feuilleton inédit intitulé *Chéri-Bibi*. Sur des milliers d'affiches, une même phrase était répétée : « Oh, non, pas les mains! Pas les mains! » par un forçat tout dégouttant de sang. J'en rêvais la nuit.

Mais un autre sang tiède allait couler bientôt. D'autres affiches couvrirent les murs de la ville, de toutes les villes et de tous les villages, en France et ailleurs, celles de la mobilisation générale, décorées de deux drapeaux tricolores entrecroisés. Fragson fut tué par son père pour des motifs qui ne me reviennent pas ; je n'ose garantir qu'ils s'intéressaient à la même femme. N'importe. Son enterrement passa inaperçu. Quelques jours après, Jaurès était abattu à son tour. Dans cette conjoncture, mon père garda sa lucidité, il jugea qu'il se devait de partir pour les Pays-Bas ; il fit tout son devoir, sans vantardise déplacée. Et puis il a toujours été séduit par le Nord, la brume... Il emporta, par prudence, la caisse que son employeur du moment avait eu la faiblesse de lui confier. Ma mère refusa de le suivre. En tout cas, nous nous montrions bien convaincus, y compris mon père, que cette guerre ne serait pas longue. Avec des dragons, des hussards comme les nôtres, ce ne pouvait être qu'une question de semaines, de mois tout au plus. Une promenade de santé, comme nous disions. A la nôtre!

Dès le début de la guerre mondiale numéro un, mon attention se reporta de *Chéri-Bibi* aux communiqués du G. Q. G., et cela durant plus de quatre ans. Vers la fin, j'en étais un peu las. *Chéri-Bibi*, c'était plus attachant.

On s'était mis à tuer en grand, en toute impunité, mais sans plus aucun mystère.

XIV

Ma mère put obtenir un emploi de femme de chambre dans un grand hôtel des Champs-Élysées, le *Buckingham Palace*. Elle en fut très contente car, contrairement à mon père, elle avait toujours guigné une occupation stable. Elle dut me mettre en pension. Je ne sais pourquoi elle choisit une petite institution protestante de Boulogne-sur-Seine. Cette nouvelle orientation religieuse me déconcerta bien d'abord un peu. Je n'avais plus affaire au même bon Dieu. Le dimanche, nous nous rendions au temple, à Auteuil. J'appris là quelques cantiques et aussi à faire du canevas.

Le jeudi, j'allais voir ma mère. J'entrais avec des allures de malfaiteur par la grande porte à tambour qui m'en imposait fort. Je ne me suis pas encore entièrement habitué à ce genre de porte. Il fallait éviter de rencontrer M. Léopold, le directeur. Je bénéficiais pour cela de la complicité du liftier, et du personnel dans son ensemble. Je ne fus pourtant jamais admis dans l'ascenseur.

Ma mère avait la charge de tout un étage. Elle qui aimait frotter, astiquer ne pouvait être à meilleure place. Mais un étage, c'était excessif, même pour elle. Je la trouvais belle sous son bonnet blanc, avec son tablier à bavette et ses vêtements noirs. Il y avait dans les couloirs mi-obscurs un silence surprenant. Je n'entendais pas le bruit de mes pas sur les épais tapis rouge sombre.

C'est au *Buckingham Palace* que je sus ce qu'est le luxe. Le bouillon Chartier, ni même le salon de Mme Champion, ne supportaient point la comparaison. Je révisai mon classement de valeurs. Le luxe, c'est tout ce qui est moelleux, tempéré, tamisé, feutré ; le luxe a un arome de tabac oriental... Je le humais dans les boîtes vides de cigarettes « Muratti's » que ma mère mettait de côté pour moi. C'est là aussi que je m'aperçus qu'il existe des castes. D'un côté, des gens comme ma mère, et moi qui me cachais à l'office ; de l'autre, des êtres supérieurs que l'on ne voyait presque jamais, qui se contentaient d'appuyer sur un bouton... Ma mère levait les yeux sur un tableau noir où s'allumait une petite case — c'était joli — elle disait : « C'est le 17 » ou : « Encore le 5 ! », avec quelque exaspération dans la voix.

Les clients avaient tous la même tendance à s'esquiver sans donner de pourboire, mais ma mère s'arrangeait pour se trouver, le plus naturellement du monde, dans leurs jambes ; elle avait rapidement acquis les finesses du métier.

Vers le soir, je rentrais à Boulogne, avec mes regrets, mes visions fastueuses, et un petit paquet de restes prélevés dans la vaisselle plate des clients. Mon vocabulaire s'enrichit de quelques locutions : les « passes » pour désigner un couple irrégulier qui cherche de l'amour et non pas du repos ; être « de garde »...

Les années passaient, goutte à goutte, pendant que

nos poilus grignotaient les Allemands, au point d'en avoir la nausée.

La mort se débitait au poids.

Je nous vois dans l'office aux murs blancs ; ma mère hoche la tête et soupire :

« Les pauvres types qui sont là-bas... c'est pas rigolo... »

Non, ce n'était pas rigolo. Et moi qui commençais à user d'un style noble, je traduisais :

« Nos pensées volent vers eux. »

Il me semble qu'il pleuvait au dehors ; il me semble que ma mère répéta souvent cette phrase ; il me semble qu'il continuait à tomber une pluie fine qui ne s'arrêta pas pendant plus de quatre ans. De ces petites pluies tenaces, rosées, un peu teintées de sang, qui ne mouillent qu'à la longue.

J'étais au lycée. L'anarcho mal peigné, à la lavallière défaite, s'était transformé en un garçon studieux, quelque peu insociable, bien habillé, portant chaîne de montre, manchettes, épingle de cravate, lunettes. Je vénérais ma mère qui perdait sa santé par tous les bouts au *Buckingham Palace.* Je ne manquai jamais de lui faire un présent à chacun de ses anniversaires : un album à photographies (qu'elle a encore), un miroir biseauté dans un carton de fleurs, une bague du genre « marquise », c'est-à-dire un rubis entouré d'éclats de diamant. Je me comportais en fils affectionné.

Par ailleurs, je tâchais à me documenter sur les problèmes sexuels. Je ne tardai pas à constituer, sur mes économies, une bibliothèque occulte et assez complète de publications traitant de la question : *Comment elles caressent*, *Extases charnelles*, *Pantalons de femmes*, *Sous les jupes*, *Chairs pâmées*, *Croupes sanglantes*... Mais, ma préférence allait aux traités scientifiques que je me procurais, en faisant mille détours, chez les libraires du passage Jouffroy. L'onanisme seul ou à deux n'avait plus de secret pour moi. C'était une littérature technologique, plutôt glaciale au demeurant, mais riche en enseignement. Il me souvient qu'il y était parlé de bergers pyrénéens solitaires maniant de longues aiguilles, de piqueuses à la machine, de bicyclistes perdant la tête, et de pots à confiture, ou de bobines de fil, allant se perdre dans les parties du corps le plus internes, où on les retrouvait recouverts de cristaux. Tout cela était bien extraordinaire.

En même temps, je me nourrissais de bons livres, *les Aventures de Télémaque, le Roman d'un jeune homme pauvre*..., ce qui ne pouvait pas ne pas avoir la meilleure influence sur le développement de mes honnêtes penchants.

Sur le plan de l'éthique, je me pénétrais de plus en plus de l'adage, que *Le Matin* nous réitérait tous les jours, en dépit de la guerre : « Pour être heureux, que faut-il ? » « Un peu d'or », répondais-je. Et je regardais, par-dessus les années, un jeune homme qui n'était plus pauvre et qui fumait des « Muratti's » ; il avait un peu engraissé ; il commençait à ressembler au monsieur du *Matin*. Quelquefois, la dame couverte de bijoux se tenait à son côté... Cela c'était le futur. Il me fallait travailler encore avant d'avoir un peu d'or, et une femme ; avant de savoir vraiment comment elles caressent. D'abord l'étude, puis les extases charnelles... J'étais équilibré au possible.

XV

Nous avions gagné la guerre, grâce au canon de 75, à la Rosalie, au pinard, à la Madelon, et surtout grâce à nos vertus immortelles. Pour ma part, j'avais un très bon moral. Celui de ma mère était moins bon ; elle avait dû quitter le *Buckingham Palace* où, à force de respirer la poussière des beaux tapis, elle avait contracté la tuberculose.

Ce furent des jours de liesse. Les vainqueurs rentraient dans leurs foyers, à l'exception de ceux qui étaient restés pour tout de bon dans la terre de France ; à l'exception du poilu inconnu à qui l'on trouva un site admirable pour y passer l'éternité. Chaque ville, chaque bourgade eut le sien en métal ou en pierre, selon les possibilités des finances communales, ce qui fit bientôt lever une immense armée de soldats à jamais démobilisés, à jamais impassibles dans des poses héroïques et presque aussi vrais que nature. L'un lançant adroitement la grenade vers la tranchée adverse, l'autre dans une charge à la baïonnette comme, hélas ! on n'en fait plus. Les localités par trop pauvres s'offrirent un obélisque, une plaque, une fontaine, un simple médaillon. Ce fut une grande époque pour la statuaire, en France.

Mon père ne tarda guère à revenir des Pays-Bas. Il avait également un bon moral. Il nous dit qu'il avait eu une vive nostalgie de Paris et de nous ; il nous dit aussi qu'il n'avait jamais douté de la victoire du droit. Je ne le reconnus point ; il s'était apparemment policé au contact des Hollandais, il s'habillait mieux qu'avant. La guerre lui avait été profitable, en somme. Si tout le monde mourait à chaque coup... Il y a, heureusement, bien des balles qui se perdent.

Il avait d'importants projets d'exportation de pommes de terre de semence ; il était ressaisi par le goût du négoce ; il allait monter une affaire, pour cela on lui avait avancé là-bas un assez gros capital. Mon père inspire confiance aux gens, il est sympathique. Il reprit son nom, qu'il avait dû abandonner temporairement. Les lendemains paraissaient assurés.

Nous ne nous entendîmes pas dès l'abord. C'est ma faute, je sortais à peine de l'âge ingrat et je m'ingéniais à me faire une personnalité.

Le logement d'un héros de la guerre, qui n'était pas rentré, se trouva vacant au premier étage de la maison. Nous l'occupâmes. Il se composait de deux pièces. Mes parents y habitent encore. Déjà, en 1918, la porte des cabinets ne fermait pas. En arrivant sur le palier, c'est ce qui capte immédiatement l'attention : les chiottes, au bout du couloir.

La situation n'était pas redevenue tout à fait normale. Il y avait une réglementation du commerce avec l'étranger, et concernant les pommes de terre de semence en particulier. En attendant un retour de la complète liberté des échanges, mon père résolut de mettre à l'épreuve une méthode aux courses qu'il avait fignolée à loisir sur le papier, pendant ces années terribles. Il décida du même coup que mes études avaient assez duré, et il m'emmena avec lui à Auteuil, à Longchamp, à Enghien, au Tremblay, à Saint-Cloud, à Vincennes, à Maisons-Laffitte...

C'est de cette manière que je me familiarisai avec les environs de Paris. D'autant mieux, qu'il nous advenait souvent de rentrer à pied, après avoir perdu jusqu'à la monnaie que nous aurions dû garder pour le tramway ou l'autocar du retour. Nous étions aussi peu raisonnables l'un que l'autre. Tel père, dit-on, tel fils.

Sur le chemin, mon père me répétait en guise de consolation :

« On est venu au monde tout nu, le reste c'est du bénéfice. »

Je l'approuvais. Il y avait au fond de moi la même philosophie fataliste.

D'ailleurs, ce milieu me convenait. J'étais fier de me voir admis dans une sorte de secte. Je potassais *la Veine* et *Paris Sport*, sans en perdre une ligne. Je m'appliquai de toute ma jeune intelligence à posséder le parler spécial des turfistes, une langue nouvelle, vivante : outsidaire, didite, topveitte, stiple-chââze, railleditche, bulefinche, valkovaire, etc... Je récitais par cœur, la généalogie des pur-sang et des demi-sang les plus renommés. Je sus promptement distinguer un alezan d'un bai brun. J'applaudis les cracks du temps : Coq Gaulois (un gris), Héros XII, Uranie (un demi-sang), Passeport, Filibert de Savoie, Biribi, Épinard... Je remontai aux grands ancêtres : Lutteur III, gagnant du Grand Prix, un des premiers morts de la guerre, un héros-cheval ; Lord Lorris, mort à l'ennemi également. J'étais présent lorsque Vitrail se tua à la rivière du Huit, à Auteuil. Un fin sauteur qui n'était jamais tombé; présent aussi à la chute mortelle de Parfrement. Je connaissais les jockeys de plat et d'obstacle et de trot : G. Mitchell ; Kalley (deux fois trépané) ; Mac Gé; Bouillon; Lancaster; Semblat; Céran-Maillard; Picard surnommé « Cou Tordu »; Winkfielde, le nègre; O'Neille; Jenninxe dit « Le Pasteur »... Je connaissais les couleurs des écuries glorieuses : la casaque bleue et la toque jaune du « Baron »; la casaque cerise, toque noire du captain J.-D. Cohn. J'avais même des opinions sur la qualité du terrain : je le trouvais lourd, ou sec, ou bon.

Après le lycée, les courses furent pour moi des vacances. J'avais besoin de mouvement. Nous courions sur les pelouses en proférant des mots inintelligibles parmi d'autres fanatiques. Chacun de nous encourageait son cheval en lui criant son nom. Je n'ai pas retrouvé d'endroits où l'on puisse ainsi extérioriser son délire en plein air, sans que l'on vous prenne pour un fou. C'était vraiment une religion, avec ses excès, ses fièvres, sa liturgie.

A l'âge où l'on se passionne pour l'amour, pour un dieu, ou pour la politique, je me passionnai pour la race chevaline.

C'était également une sorte de foire campagnarde. Il y avait un gros Anglais à l'accent du Midi qui portait une casquette plate à soutache grenat et une tunique de salutiste. On le voyait sur tous les hippodromes. L'uniforme lui conférait une allure quasi-officielle. Il ne vendait que des bonbons.

« Bon-Bon! Bon-Bon! Crème de menthe! Tout va bien! »

On le nommait : « Bon-Bon ».

Il y avait de vastes étalages de tartines au pâté de foie, chez Benjamin, chez Léon... Des parasols, des calicots... « Chez Léon, tout est bon »... En hiver, on buvait du viandox; en été, du coco.

« Approchez, on va vous l'panacher! »

Car on pouvait avoir, pour le même prix, un coco mi-citron, mi-grenadine, très rafraîchissant.

« Avant l'départ! Avant l'départ! »

Tout cela participait d'une grande excitation collective. Un adolescent y trouve son compte.

Je jouai sans prudence, d'une manière insensée; je devins très vite un flambeur, c'est ainsi que l'on appelle ceux qui s'embrasent instantanément, ceux qui ne savent pas s'arrêter, ceux qui ne font pas Charlemagne. ceux qui ne conservent pas une poire pour la soif, ceux qui n'y vont pas avec le dos de la cuiller, ceux qui veulent la lune, ceux qui misent le tout sur le tout.

Je n'ai pas perdu que de l'argent. Si j'ai eu, un jour, de l'enthousiasme, de la ferveur, de l'allant, j'ai tout perdu par là, à Vincennes, à Maisons...

Les fonds bataves s'épuisèrent au bout de quelque temps. La combinaison mise au point par mon père n'était cependant pas mauvaise, théoriquement. Il eût fallu qu'il s'y tînt rigoureusement. C'est la martingale des troisièmes à la cote.

Je ne joue plus; je n'ai plus rien à perdre ni à gagner.

XVI

Quant à l'amour, je le trouvai à dix-neuf ans, par accident, un soir d'automne que je revenais à pied de l'hippodrome d'Auteuil, par les sentiers du Bois de Boulogne. Il faisait presque nuit. Aux abords du Jardin d'Acclimatation, une femme m'accosta. Elle dissimulait autant qu'elle le pouvait son vieux visage, très fardé, sous un chapeau-cloche ; elle eût voulu sans doute s'y cacher tout entière... Elle me demanda de venir avec elle, en m'appelant son petit homme. Personne ne m'avait dit cela encore. Puis, elle ajouta :

« Combien as-tu en poche ? »

Car elle me tutoyait.

Je comptai deux francs cinquante en sales coupures.

« Ça peut aller », dit-elle.

Nous nous écartâmes de la route, jusqu'à une chaise de fer.

« Assieds-toi là... Tu me paieras un sandwich... après. »

Et la révélation eut lieu là. Des fauves du Jardin d'Acclimatation rugissaient à côté. Moi, je ne dis rien. Ce ne fut pas, d'ailleurs, de l'amour véritable, mais seulement un simulacre rapide, du bout des lèvres, et comme avec quelque négligence de sa part. Pourtant, c'était la première femme qui s'agenouillait ainsi devant moi. L'amour véritable, je le connus plus tard, mais jamais plus peut-être une telle gentillesse.

Après, elle cracha par terre, sans dégoût, puis nous allâmes ensemble à la Porte Maillot où, dans un bistrot, au comptoir, elle mangea un sandwich au jambon de bon appétit. J'avais hâte de la quitter car elle était vraiment très vieille, et il me semblait que les gens se fichaient de moi.

C'est dans ces conditions que je fus initié, pour le prix d'un sandwich au jambon. Ensuite, je n'avais plus qu'à continuer...

Au coin de la rue Serpollet, se tenait toujours une grande femme brune que le gaz du réverbère faisait paraître encore plus blanche de teint qu'elle n'était. A la même place, contre un rideau de fer, toutes les nuits, immobile, sorte de haut-relief, comme en pierre. Et, chaque fois que je rentrais, après de longues errances, elle m'interpellait, infatigablement :

« Tu viens, mon p'tit chéri? »

Jamais une autre femme au monde ne m'a invité sur un ton aussi déchirant ni avec autant de constance.

Je rentrais si seul, si triste. J'en ai roulé des envies, des croyances, des songeries, des illusions dans la montée de la rue Serpollet!

Un soir de pluie, j'osai lui dire oui. Nous fîmes quelques pas côte à côte, sans parler, jusqu'à un petit hôtel de la rue des Acacias, proche du garage où j'étais tombé dans la fosse, pour avoir voulu toucher un aéroplane.

Elle se déshabilla silencieusement, dans la mauvaise lumière d'une chambre étroite et sombre, au rez-de-chaussée. Je ne pouvais me décider à la regarder ni à l'approcher : c'était trop beau pour moi. A la fin, j'écrasai quand même mes lèvres et mon nez, et mes yeux, pour ne rien voir, contre son cou, où je sentis une odeur grasse, tiède et surette de sueur et de poudre de riz qui ne s'est pas encore évaporée complètement.

Et puis d'autres... Une prostituée anglaise qui avait suivi les Tommies et qui s'était attardée en France : Gladys (prononcez : *Gulédisse*). Elle m'enseigna, en passant, deux ou trois phrases de sa langue : « *I am in love with you.* »

Je me lançais dans une exploration de longue haleine. En réalité, je n'étais encore qu'en rodage.

Au Bois, de nouveau, mais avec une jeune cette fois. Je sortais mon chien, un samedi après-midi. Elle m'enjoignit de me placer derrière elle, bien collé contre son dos.

« Tu as déjà marché comme ça? »

Je répondis non. Est-ce que nous allions jouer à la « tartine » comme avec mes parents, le dimanche, rue des Acacias?

« Alors, en avant marche... une... deux... une... deux...! »

Nous partîmes au pas de parade. C'était imprévu. Par chance, nous ne croisâmes personne durant notre exercice... Une... deux... J'étais un peu gêné devant mon chien, et devant moi-même. La démonstration se termina sur l'herbe. Je tenais Follette en laisse d'une main.

Mon savoir croissait.

Des oubliées, et qui m'ont aussi oublié, des anonymes. Le temps leur a entièrement rongé le visage. Dans les ruelles de l'avenue de Clichy : passage Lathuile, impasse de la Défense... Aux Halles, autour du Donjon de Vincennes quand j'étais militaire (pour dix balles), dans les rues en pente de l'Étoile, rue Brey où avait résidé Renée qui fleurait le vernis à ongles, à Montmartre, à Montparnasse, à Saint-Ouen, partout, aux vingt arrondissements.

Ailleurs aussi... Celles de Hyde Park, celles de la rue Bouterie (la rue même a été rasée), celles d'Anvers, de Berlin (à bottes rouges), de Lisbonne (chez la Barbuda du Bairro Alto), celles du Mangue à Rio de Janeiro (des fillettes), celles de la calle Yerbal à Montevideo, de la Boca de Buenos-Aires... Des noires, des blanches, des créoles, des Françaises, des Allemandes, des Polonaises... Beaucoup de Françaises ; elles sont très estimées.

Mon Dieu, ce que je dus rigoler!

Elles se ressemblent, elles ont un air de famille, elles ont des postures, des paroles à peu près identiques, et une grande douceur partout au monde, elles donnent pour un peu d'argent ce que les autres vous cachent. J'aime bien les prostituées.

A Mosquitos, une petite ville de l'intérieur, je rencontrai Raymonde. Ce soir-là, elle ferma sa porte aux métis et nous parlâmes longuement de Paris comme d'une cité morte où nous ne retournerions jamais plus, ni elle ni moi. Je me rappelle qu'elle dit :

« J'y claquerai dans ce pays. »

Elle me parla surtout d'un bureau de tabac de la rue du Temple où un inspecteur de la police des mœurs l'avait arrêtée. Après quoi, elle fut mise en carte. De la rue du Temple (Paris, IIIe) à Mosquitos (République Orientale de l'Uruguay), cela faisait une bonne trotte.

J'aime bien aussi les infirmières, pour de semblables raisons. Je trouve qu'elles ont la même patience, la même voix lointaine et rassurante, la même sûreté de gestes, la même équanimité. Elles vous soignent, elles vous calment, c'est presque un même travail; elles pensent toujours à autre chose, elles sont à demi-absentes...

« Là, là, laissez-vous aller, Monsieur, détendez-vous, respirez fort, bien fort... »

Et vous vous endormez, enfin, dans la blancheur.

XVII

Mon service militaire fut bref, mais suffisant. Il se passa au château de Vincennes. Un mois après mon incorporation, je me présentai devant un conseil de réforme qui me renvoya dans mes foyers. J'étais tout juste capable de saluer un adjudant qui tend, de plus en plus, à se confondre dans ma mémoire avec l'adjudant Flick dont il avait la moustache et les tics. C'est lui qui nous fit curer les fossés du donjon, en prévision de la visite du Président Doumergue. Je n'eus pas le plaisir de le voir. Mais nous récoltâmes de grosses quantités d'escargots entre les godillots percés, les matelas éventrés ; nous les fîmes dégorger, dans le sel, ainsi qu'il convient, puis préparer au beurre et à l'ail par une bistrote des alentours. Vingt ans, Vincennes, c'est bien loin...

Le bleu-horizon n'était pas des plus seyants.

Au sortir de là, je fus pris en mains par une dame dans la quarantaine, Carmen Mussidan de Laverne, qui me subjugua par son chic, son nom, ses belles manières. C'est au *Demours-Palace*, où j'avais égaré, un jour, l'écharpe tricotée par ma mère, que je fis sa rencontre, pendant la projection d'un des épisodes de *Judex*. J'avais, depuis peu, pris l'entraînement de toucher les femmes dans l'obscurité, sous leur robe, à la découverte de leur cœur. J'attrapai le premier qui se présenta : celui de Carmen.

Je désertai bientôt le logement à punaises de la rue Serpollet pour m'établir dans l'appartement bourgeois de la dame. J'accédai à un autre milieu. Nous fréquentions les restaurants, les théâtres, les music-halls ; nous ne voyagions qu'en première classe dans le métro ; j'entrais enfin dans cette voiture rouge qui me ravissait peu de temps auparavant (aujourd'hui, nous n'avons plus qu'une classe unique). J'en négligeai un peu les courses. Carmen m'enseigna à m'habiller avec goût. Elle fumait durant les repas, elle savait parler aux maîtres d'hôtel (ce que je n'ai jamais pu faire), elle débitait une dizaine de mots anglais et espagnols, toujours bien à propos, elle m'appelait son « dear », elle appréciait le pernod et les croisières nocturnes en bateau-parisien jusqu'à Suresnes ou Maisons-Alfort (comme au temps de ma grande coqueluche), les balades dans le vieux Paris, les visites d'églises... A Saint-Étienne-du-Mont, nous échangeâmes des médailles bénites... Oui, je lui dois une bonne part de mes connaissances de tous ordres.

Elle m'instruisit très particulièrement sur l'amour : comment il se fait, à toute heure du jour et de la nuit, debout, couché, en voiture, au pied levé, à la main chaude, à pleine bouche, par tous les trous, en ville, à la campagne, en toutes lettres... Ce fut un sérieux apprentissage.

Nous nous ébattions assez impudiquement sous la photographie agrandie de M. Mussidan de Laverne, son mari, un héros poilu, qui n'avait pas encore cessé de pourrir dans un des cimetières de Verdun, et sous sa croix de guerre encadrée sur fond de velours, accrochés en bonne place, à la tête du lit.

Elle évoquait souvent son sacrifice.

Je me rappelle qu'elle possédait un disque : *les Cadets de Souza* (marche) qui avait la propriété de nous exciter très fort ; je ne saurai en dire la cause.

Cela dura deux ans, approximativement. Vers la fin, elle me stimulait à l'éther car j'étais fatigué. Nous nous battions aussi un peu. Elle voulut me vitrioler lorsque je tentai de partir. Une autre fois, elle adressa une dénonciation à la gendarmerie ; dans cette lettre elle exprimait la réprobation d'une Française anonyme devant le comportement de mon père pendant les hostilités. J'avais eu le tort de lui faire des confidences.

De bon matin, deux gendarmes vinrent surprendre mon père au saut du lit ; ils le conduisirent à la prison du Cherche-Midi qui se trouve boulevard Raspail.

J'en fus peiné, je me fâchai même contre Carmen. Nous nous empoignâmes plus durement que de coutume, mais cela s'acheva en un coït, assez réussi, sur le tapis du salon. Je manquai de caractère dans cette occurrence. Nous restâmes en relation.

Les dimanches, dans l'après-midi, nous allions, ma mère et moi, à la visite. Les parents et amis se réunissaient dans la cour. Il y avait des parterres de gazon et des oiseaux en cage aux fenêtres des gardes. Nous étions tous un peu honteux de nous rencontrer en ce lieu.

On entrait au parloir par groupes de cinq. Les paquets étaient au préalable contrôlés minutieusement par un Corse aux joues bleues qui furetait, reniflait, coupait les paquets de tabac en deux pour voir, peut-être, s'ils ne recelaient pas une échelle de corde. Il mettait de côté les objets ou produits défendus avec une joie visible; il disait des plaisanteries dont nous nous croyions tenus de sourire.

Le parloir était séparé par deux grilles, distantes de dix centimètres, revêtues d'un fin treillis. Il y avait là un relent aigre de pain et de soupe. Quand un guichetier déverrouillait la porte pour l'appel des prisonniers, on les voyait parqués dans une cour, les yeux fixés sur cette ouverture.

A mon tour, j'ai subi la captivité. Une captivité plus glorieuse, il est vrai. Ce qui m'autorise à émettre des avis là-dessus : on se conforme vite à la prison, à la condition d'être tout à fait enfermé, de ne plus rien apercevoir du dehors, même pas un carré de ciel grand comme un mouchoir de poche, on vit alors dans un autre monde, mais on vit. Tandis qu'au Cherche-Midi on entend constamment les autos rouler, la corne des autobus au croisement de la rue et du boulevard; la nuit on voit le rayon d'un phare qui éclaire le mur de la cellule; on se sent encore au milieu de la ville, mais elle vous manque, vous êtes amputé d'elle, cela fait mal, on perçoit des rires de femmes heureuses, des cris aigus de filles toutes jeunes, des chansons d'ivrognes. C'est la sortie des bals, des spectacles. C'est presque insupportable.

Il ne me plaît pas de côtoyer ce mur; lorsque je me promène par là, je prends le trottoir d'en face.

Mon père était le doyen de l'établissement. On le surnommait le « grand-père ». Il portait des vêtements de bure, comme les autres. On lui avait rasé les cheveux et la moustache à laquelle il tenait tant, il avait vraiment la mine d'un bagnard.

Au cours des dix minutes de conversation réglementaires, il nous accablait de reproches car il estimait que nous n'adressions pas assez de suppliques aux hommes politiques. Je dois dire qu'il était porté à se croire victime d'une sorte d'injustice. Il ne comprenait pas qu'on l'eût emprisonné pour une affaire aussi naturelle, en somme. Il était antimilitariste de toujours. Et, dans son esprit, il n'y voyait aucun mal, au contraire. Ses convictions demeuraient vivaces et pures. Ce qui ne l'empêchait pas de nous pousser à ergoter avec son avocat sur la différence qu'il y a, en droit, entre un « omis » et un « insoumis ». Nous affirmions à tout venant que mon père était un « omis ».

Il fallait lui communiquer les résultats détaillés des courses de la semaine, puis enregistrer son petit jeu pour toutes les réunions à venir jusqu'au dimanche. Un jeu forcément des plus simples puisqu'il n'avait pas *la Veine* à sa disposition : il suivait les montes d'un jockey, en martingalant. De cette façon, il ne perdit jamais totalement le contact avec la vie hippique.

Sur la fin des dix minutes, qui paraissaient très lentes, nous n'avions plus rien à nous dire. Ma mère essayait de lui toucher les doigts à travers les interstices du treillis.

« Terminé! », annonçait le garde.

Alors nous nous mettions à brailler tous ensemble précipitamment. Les mots se mêlaient; ils étaient perdus pour tout le monde.

Dans la rue, comme pour nous défaire en marchant de cette puanteur de prison, nous avancions vivement. Nous nous sentions assez misérables. J'accompagnais ma mère au restaurant coopératif où elle était employée en qualité d'étagère. Elle se faisait vieille. L'étagère est celle qui accommode, assaisonne et distribue aux garçons les hors-d'œuvre et les desserts.

Moi, je commençais une étape bureaucratique : facturier, puis aide-comptable, puis comptable, puis, finalement, chef-comptable... J'étais décidé à ne pas suivre le fâcheux exemple de mon père; par esprit de contradiction. Un jour, je lâchai tout : les écritures, les chiffres, la poussière, Paris, ma belle destinée.

Au Cherche — c'est ainsi que disent les habitués — mon père avait noué des liens de famille avec un cousin inconnu jusque-là : Camille. Un matin, après l'appel, un grand type s'était lancé sur lui...

« Tu t'appelles bien Feuilleauvent?

— Oui.

— Feuilleauvent, en treize lettres?

— Oui.

— Embrasse-moi, cousin. »

A partir de ce moment, il fallut apporter des colis au cousin. Mon père a toujours eu le sentiment de la parenté. Camille qui, par la suite, nous escroqua diversement, était lui aussi déserteur. C'est indiscutablement une disposition familiale.

Malgré tout, nous nous félicitions d'avoir un cousin; le cercle s'agrandissait. Après la levée d'écrou, il vint nous voir entre une nouvelle désertion et une absence illégale.

Il faisait irruption chez nous, avec des grimaces de folie; il nous embrassait largement...

« Cousins, cousine... j'les ai encore dans l'dos. »

Et, en effet, il jetait des regards apeurés vers la porte. Ou bien :

« J'suis encore désert. »

Ce qui, dans les deux cas, signifiait qu'il avait besoin d'argent. Il avait vingt-cinq ans et trois enfants, je lui connus plusieurs femmes. Camille paraissait déserter par secrète vocation. Et pourtant, il y avait dans son maintien, dans son habillement, dans sa coupe de cheveux, quelque chose de militaire. Il montrait aussi les mêmes aptitudes que mon père pour les occupations provisoires : garçon de comptoir, livreur d'huîtres...

En raison de son âge, et aussi de nos sollicitations auprès de députés et de ministres, mon père n'écopa que de six mois de prison. Après quoi, il dut accomplir un an de service dans un régiment d'infanterie coloniale du boulevard de Port-Royal. Il lui arrivait de se faire insulter dans les rues, dans le métro ; des gens le traitaient de « fayot », de « rempilé », ignorant qu'ils s'en prenaient à un bleu à cheveux blancs. Ils auraient pu le comprendre à la façon dont mon père était accoutré : molletières mal serrées, toutes pointes de calot dehors, rien de martial dans la tournure, à l'opposé du cousin Camille.

« Tu n'as pas honte, à ton âge? »

Ce qui le contrariait beaucoup car ces injures étaient imméritées. Au fond, il n'avait pas varié, il poursuivait isolément son action contre la gueuse dans la caserne même, en bourrant le poêle du bureau de livrets-matricules pris au hasard. C'est par de tels procédés que, sans déclamations inutiles, on sabote une mobilisation générale.

Peu après la « classe », mes parents se marièrent. J'assistai à la cérémonie et au raout de noces. Ils rentraient dans la légalité avec un décalage d'une vingtaine d'années. N'était-ce pas leur vœu de toujours?

Et maintenant que la perspective est plus vaste et qu'il est tombé de partout de grands pans d'oubli, que tout semble un peu se brouiller, mon père se laisse aller à retracer avec bonne humeur son temps passé sous les drapeaux.

XVIII

Pour lors, il n'était pas rare qu'une femme se retournât sur moi, dans la rue.

Des dactylos, des vendeuses, de modestes modistes... Des Jeanne, des Hélène, des Suzanne, des Rosette... Des filles juteuses quand je mordais dedans. L'eau m'en vient encore à la bouche. J'en cueillerais tout de même bien une en passant pour me rafraîchir, si je pouvais. Mais je me contente de les lorgner de loin- Petits bateaux qui ne vont pas sur l'eau, qui ont des jambes, qui fendent l'air de la double proue de leurs seins. Il m'est défendu de les aborder. J'ai fait mon plein (je me sens vide).

Flambeur en amour comme aux courses ; j'ai joué à peu près tout ce que j'avais, je vois le fond de ma bourse. Ce fut la grande saison du rut, un long printemps d'accouplements à la sauvette et de mariages de la main gauche, à chaque encoignure, en vitesse, comme les chiens font pipi, un peu partout... aux quatre vents, sur les bancs, dans les trains de banlieue, en taxi, dans les sous-bois, dans les arrière-salles de cafés, aux stations de correspondance du métro...

J'ai défloré plus que mon compte de vierges ; je ne distingue plus rien d'elles ; je n'aperçois plus qu'un puits noir où je me suis perdu ; ce grand vide que la petite Jacqueline m'avait laissé entrevoir, une après-midi, à Berck, bien des années antérieurement.

A la même époque, j'avais un tailleur polonais qui disait « le poignard » en parlant de mon appareil génital :

« Le poignard se porte à gauche », affirmait-il.

C'est vraisemblablement un terme professionnel. Je ne l'ai jamais entendu employer par d'autres que mon Polonais, avec qui d'ailleurs, je me disputai. Il me trouvait trop vétilleux.

« Allez donc chier », me dit-il, un beau jour.

Le poignard ? Oui, on dirait que je me servais d'un poignard, pour les blesser, les unes après les autres, au ventre. Il me reste un vague remords. Elles sont malades, elles saignent par le trou que j'ai fait. On dirait une chambre de crime. Elles ont le visage trop blanc (mais on se maquillait ainsi anciennement).

En ce qui concerne Carmen, je me suis montré injustement sévère. Je ne comprenais pas, je ne pouvais comprendre que l'on s'attachât de la sorte à quarante ans, aussi durement, comme si l'on voulût entraîner l'autre dans sa noyade afin de ne pas rester seul. Je sais à présent ce que c'est que d'aimer pour une dernière fois, que de jeter ses ultimes atouts dans une partie perdue d'avance. Carmen n'était pas plus noble que moi, elle portait un faux nom, elle n'était pas du tout d'origine andalouse, mais simplement auvergnate, elle exerçait la profession de masseuse, ce qui explique ses hautes relations dont elle tirait vanité. Mais, tous ces mensonges, elle ne pouvait pas ne pas me les faire. Il me paraît normal qu'elle trichât un peu. Elle se voyait sur le point de tout perdre, elle aussi.

Après moi, elle se consola avec le fils de sa concierge.

J'ai connu aussi des femmes étrangères, des Käthe, des Maña, des Sonia, des Ilse, des Éthel (quelle lingerie de satin rutilant et chaud elle avait)... Des femmes mûres, molles et fondantes ; je survenais juste à point pour les déguster. D'autres, sèches, fermées, qui s'entr'ouvraient quand même.

Mais, encore une fois, je ne me propose point de consigner ici toute ma vie. C'est bien harassant de refaire plus de quarante ans pas à pas, je voudrais dire : contre la montre, mais je ne suis pas sûr du sens de cette locution sportive. On risque d'ailleurs de se piétiner un peu soi-même, sans le vouloir, de se marcher sur le corps, sur le cœur, et de se faire du mal, inutilement.

Non, je veux uniquement relater mes déplacements dans le temps et dans la ville, sans plus. Ma mère, dans son langage de cartomancienne, appelait cela : des pas et des démarches.

Au vrai, les femmes que je préfère sont celles que je n'ai pas eues, que j'ai entr'aperçues seulement ; femmes réservées au rêve, quelque peu fabuleuses, rien qu'un morceau parfois, ou plus rien qu'un parfum... Les intouchables, les intouchées... J'y repense, en désordre. A la grande Anglaise du champ de courses de Wellington, à Ostende : elle s'était assise au dernier rang des tribunes. D'où je me tenais, en bas, je vis soudainement qu'elle était toute nue sous sa robe d'été. Elle ne bougea pas pendant une, deux secondes, le temps pour moi de prendre une photographie du blanc de sa peau et du noir de toison qui garde toujours sa couleur, dans ma tête. La cloche sonna, les chevaux partirent. J'aurais voulu m'approcher de très près, ou regarder à la lorgnette, mais je n'osai même pas lever les yeux... Allons, j'en ai vu beaucoup d'autres, comme à la loupe, j'ai mis le nez dedans, mais je n'ai pu oublier l'Anglaise du pesage au cœur qui palpitait entre ses cuisses. Elle n'eut jamais de face ; elle n'était peut-être pas anglaise du tout. Mais qu'elle fût grande, j'en suis certain.

A la dame blonde très élégante, que je rencontrais quatre fois par jour à la station du métro Obligado. Nous nous rendions tous deux à notre travail. Je ne pris jamais l'audace de lui adresser la parole. Elle m'eût répondu pourtant. Un jour, j'eus l'occasion de ramasser son billet à terre ; je le lui tendis, elle me sourit ; c'est tout. J'ai soigneusement rangé ce sourire, il est encore tout frais, il n'a point vieilli ; pas plus que ses toilettes.

Et à Maria-Luisa, du Portugal. Une jeune fille un peu forte. Nous ne passâmes qu'une soirée ensemble, chez des amis, mais bien serrés l'un proche de l'autre, sur un canapé, sans rien se dire.

A Amalia, de Montevideo. Nous étions dans une loge du théâtre Solis pour une audition des chœurs de la « Polyphonique » de Rome. Elle se mit tout contre moi. Quelle folle chaleur il faisait dans cette loge. Amalia... celle-là non plus je ne l'ai pas prise.

Encore une : la Russe du Brésil. Nos deux bateaux arrivèrent en même temps à quai à l'escale de Santos. J'allais en Amérique, elle en partait. Nous ne disposâmes que de trois heures pour faire connaissance et pour nous séparer. Il fallut opérer très vite ; parler vite, pleurer vite... Marie était une actrice en tournée.

Beaux prénoms exotiques ou prénoms ordinaires, ou pas de prénom du tout.

Comme l'Anglaise de Funchal, contemplée du haut d'une falaise... Elle était étendue sur une plage, seule, devant le front de l'océan, les bras et les jambes en croix, à plat, ou en étoile de mer, son maillot avait la teinte cuivrée, brûlée, safranée de sa chair et de ses cheveux, elle fermait les paupières au soleil, morte ou évanouie, écartelée, femme-signal pour navigateurs en souffrance, femme au goût de sel, avec un oursin piqué à la place du sexe... Celle-là non plus n'était pas sûrement une Anglaise.

Else, pour finir, la plus irréelle de toutes, et aussi la plus tiède, la plus menue (je puis la tenir dans le creux de la main). Dix-sept ans tout en blondeur et en candeur. Nous traversâmes l'Atlantique-sud en trente-quatre jours sur le *Vigo*, un petit vapeur allemand, de Buenos-Ayres à Brême, escortés de poissons-volants...

Mais, laissons ce chapitre.

XIX

Voilà, je n'ai plus rien à dire ni rien à déclarer. Je voyage maintenant les deux mains dans les poches, avec un tout petit bagage, pas encombrant. Ou plutôt, je ne voyage plus.

Je me rappelle être allé consulter une devineresse patentée ; j'avais vingt ans, mon avenir m'intriguait, je voulais le taquiner un peu. La vieille me prédit une infinité de choses qui me sont toutes arrivées : des grandes joies, je les ai eues ; de grands chagrins, je les ai eus aussi ; de grandes randonnées sur mer, c'est fait ; de grandes amours, c'est terminé.

Les grands départs, les grands steamers, les grands express européens, le grand soleil, et le grand vent, les grandes phrases et les grands sentiments, les grands hôtels, les grandes autos, les grands ports, la grande aventure, les grandes femmes : c'est fini, tout à fait fini. Mon avenir est liquidé.

Passons sur ces quinze années de jeunesse, comme à saute-mouton. Ce n'est pas le moment de les revivre.

En écrivant, il me semble pourtant que je perçois encore le mugissement de la sirène et le bruit rouillé des chaînes de l'ancre que l'on lève et que je vois lès taches de vase s'élargissant comme des auréoles sur l'eau... Est-ce que l'on appareille, de nouveau? Non.

Par précaution, j'emportais toujours avec moi Paris dans une bouteille, pour ma soif.

LES BOTTES DE GLACE

XX

Et me voici revenu à mon lieu de départ, au XIVe arrondissement, après plus de quarante ans de marche continue, après bien des avatars, des avanies et des crochets, auprès de l'église Saint-Pierre du Petit-Montrouge et de l'Asile Maternel de l'avenue du Maine, pas loin de la clinique Tarnier et de la *Closerie des Lilas*. En somme, j'ai bouclé la boucle ; « looping the loop », ainsi que nous disions au garage de la rue des Acacias.

L'église n'a rien de particulier, sa construction doit remonter à 1880, elle a le style d'alors ; elle ne tranche sur l'ensemble que par ses dimensions ; elle est d'une pareille pierre grise que nos demeures. Si j'y tiens, moi, c'est pour une raison toute personnelle : je fus ondoyé dans cette église sur les instances des sœurs de charité. L'ondoiement, on le sait, n'est qu'un baptême hâtif, incomplet, sans pompe, sans dragées. Ma première communion fut tout autant bâclée : pas de costume noir ni de brassard ni de cierge. Mon mariage aussi eut un caractère d'improvisation. Pas de jaquette ni de gants de filoselle ni de fleurs d'oranger : rien que nos personnes. Nous pûmes, tout juste, Reine et moi, nous offrir deux alliances d'argent à cinq francs la pièce, à l'*Uniprix* de la rue de Vaugirard; ensuite, nous bûmes un café-crème au *Bougnat pensif*, le bistrot qui se trouve devant la mairie du XVe (je me suis marié au XVe arrondissement). Le soir, nous mangeâmes un petit rôti de veau en compagnie de mes parents qui nous avaient servi de témoins. J'ai manqué à peu près toutes les circonstances cérémonielles, les grandes dates de la vie d'un homme. Mais j'ai toujours au doigt l'anneau de pacotille; il est déformé, aminci.

Il faudra que je me décide un jour à entrer dans le temple où fut mené un bébé ataraxique à qui je ressemble encore.

L'église Saint-Pierre est également un point d'arrivée, une gare pour les morts des environs, un terminus. Ils y affluent, ataraxiques au dernier degré, en corbillards automobiles. Et, pour quelques-uns, c'est la première fois qu'ils roulent en automobile dans les rues du quartier et qu'ils se pavanent sous les couronnes, les gerbes et que les passants les saluent.

Presque en face de l'église, il y avait une salle de danse : le Palais d'Orléans (on en a fait une annexe du ministère de la Guerre). J'y fréquentai, à vingt ans, es samedis soirs. Je portais des chaussures vernies trop étroites, des cols trop durs, des vêtements trop serrés : c'était ma conception du dandysme. J'étais un petit employé aux écritures, qui dansait mal le fox-trott, la scottish; j'aurais pu rencontrer là une jeune fille, employée elle-même. Nous eussions pu faire ensemble un gentil ménage comme il y en a tant. Mais, à vrai dire, je ne mis jamais la main sur une fiancée véritable.

XXI

Il y a eu, entre temps, quantité d'événements, nous avons assisté à des transformations nombreuses. Pour ma part, je ne suis pas plus riche d'argent qu'au jour où ma mère et moi allions demander refuge aux sœurs de charité de la Société Philanthropique.

En dernier lieu, il est tombé deux bombes d'un modèle neuf, minuscules mais très efficaces, quelque part du côté du Japon. Deux points à la ligne... l'Histoire s'écrit à l'encre rouge... on tourne une page, on entre dans une ère nouvelle.

J'ai vu au cinéma des images d'une ville du Japon sur laquelle a explosé l'une de ces bombes atomiques. Elle est rasée au plus près ; il n'en demeure qu'un tracé. Les hommes, les femmes, les enfants et leurs petites maisons ont disparu. Or, ce n'était qu'une simple expérience. On tâche d'imaginer ce que produiraient plusieurs bombes du même genre. Demain, on rasera gratis un pays entier, un continent probablement. Il paraît que la fabrication de ces bombes se poursuit à une cadence satisfaisante.

On peut considérer le monde comme un vaste théâtre et les hommes comme des acteurs classés selon leurs mérites : quelques grands émergeant d'une multitude de figurants parmi lesquels je me compte. Il semble qu'à partir de la plus lointaine antiquité la pièce qu'on y joue soit toujours la même : une tragédie. Des combats, des cris, des incendies, des hécatombes dans de semblables décors barbouillés au sang chaud. C'est, en tout cas, le spectacle qu'il nous est donné de voir très régulièrement et qui continue d'obtenir un égal succès. On reconnaît d'ailleurs que de sensibles progrès ont été réalisés depuis les conflits homériques. Progrès qualitatifs et quantitatifs. Qui nierait que les accessoires sont devenus plus perfectionnés, la mise en scène plus grandiose? La massue, la pertuisane, l'arbalète, la cotte de maille, l'amusette, et même le sabre et le boulet de pierre ont été délaissés, comme la poix fondue et l'huile bouillante. Combien de surprenantes découvertes n'avons-nous pas faites : de la dynamite à la mélinite, à la turpinite, des gaz hilarants à la torpille volante, du canon de 75 à l'avion-suicide. Mille améliorations ont été peu à peu apportées pour avoir toujours plus de tapage, toujours plus de fumée, toujours plus de cadavres. Mais l'odeur n'a pas changé.

Nous avons parcouru du chemin depuis la balle dum-dum, dont je reste cependant le fervent admirateur.

J'ai assisté à deux pièces de longueur à peu près pareille, deux grands drames en cinq ans. Sans rien dire de divers incidents de frontières, réductions de taches, rébellions... J'ai même tenu un bout de rôle muet dans la dernière des deux qui était, sans contredit, la mieux réussie et qui vient de finir. A moins qu'il ne s'agisse de deux actes seulement d'une pièce qui ne se termine jamais.

On serait alors dans un entr'acte dont on souhaiterait qu'il durât quelque temps. Mais on redoute qu'il ne soit très bref. Cet entr'acte a déjà un nom : la paix armée. Et, le rideau à peine tombé, on entend de nouveau parler du prochain programme qui sera, nous assure-t-on, plus complet que tous les précédents.

Dès maintenant, un public innombrable se passionne sans penser qu'on l'invitera à entrer dans le jeu. Il y aura des fusées multicolores comme pour un prodigieux Quatorze Juillet, des obus qui voleront partout comme des oiseaux sans têtes, des gaz peut-être, et, en supplément, des microbes au service des deux grandes causes, des microbes français à la croix de Lorraine, des microbes nègres — on se « donnera » la rougeole, la psittacose, la morve, la tularémie, la fièvre ondulante ou la peste pneumonique, on empoisonnera les cours d'eau, nous aurons des nuages radioactifs (mais pas de parapluies) — des avions stratosphériques (voilà ce que l'on a fait du bel aéroplane du comte qui n'acquittait pas ses factures), et, le clou, la bombe atomique dont on attend des résultats stupéfiants sans toutefois en comprendre bien la nature. En somme, une féerie à la manière de celles du Châtelet qui m'émerveillaient autrefois.

D'un certain point de vue, tout cela ne manque pas d'intérêt. On devrait s'accorder pour déclarer que seul un artiste exceptionnellement doué pût avoir l'idée d'écrire et de créer une telle œuvre. Faire une planète d'abord pour la donner en jouet à l'homme qui devra la détruire et se détruire lui-même. On voudrait parler de génie — un génie un peu fou comme tous les génies. On voudrait applaudir. Quelle économie rigoureuse où tout, dès le début, concourt au dénouement qui sera un éclatement inouï, le plus extraordinaire que l'on ait vu et entendu jamais, le *greatest in the world.*

Mais d'un autre point de vue, plus terre à terre, on éprouve quelques regrets... Ainsi, plus de baïonnettes, plus de canons de 75, pas davantage de balles dum-dum ni de turpinite et, par conséquent, plus de décorations, plus de pensions aux veuves, plus de salut militaire, plus de conseils de guerre, plus de Cherche-Midi, plus de cercueils, et plus même un drapeau. On mourra sans uniforme, en civil, en chemise de nuit... atomiquement, bactériologiquement... Il faudra s'y faire aussi.

Si la dernière avait duré plus longtemps, je crois que je serais arrivé aux honneurs. Après quelques semaines de service, je faisais fonction de caporal; j'étais devenu caporal *honoris causa* en quelque sorte. Et le képi m'avantageait. Je me souviens qu'un peu avant la retraite, on nous avait donné une boîte rouge qui contenait une espèce de graisse jaune. Nos supérieurs pensaient à tout. L'inventeur du produit lui avait donné son nom : la *Guilcherline.* A l'envers du couvercle, se trouvait une notice importante :

> *Véritable bonheur du troupier — indispensable aux marcheurs pour l'entretien des pieds. — Produit adopté par l'Armée. — Baume du soldat et du cavalier. — Mode d'emploi : Se passer les pieds et les cuisses trois matins de suite.*

Troupiers et cavaliers, nous avons eu besoin de baume dans les semaines qui ont suivi, mais pas seulement pour les pieds et les cuisses. Il nous eût fallu une *Guilcherline* pour l'âme.

Dans les conflagrations futures, nous n'aurons même plus de *Guilcherline* du tout.

XXII

J'ai commencé à respirer avec ce siècle prometteur, dans le bouquet de l'Exposition centennale, j'en ai vu un bout, nous avons bu de conserve à la même bouteille ; j'en verrai encore le milieu, peut-être ; je n'en verrai pas l'autre bout. C'est grandement dommage.

Le temps s'oublie ; il ne cesse de couler sous moi, comme de l'eau, comme si j'étais un pont.

Aujourd'hui, on est détrompé ; on ne croit plus exagérément aux vertus du progrès, on a plutôt tendance à se retourner, pareil au chien qui cherche à se mordre la queue.

Je demeure chez moi autant que je le peux, dans ma soupente, au huitième étage, où il fait très froid l'hiver, trop chaud l'été. Je suis revenu aux mansardes de mon enfance. Ma soupente ressemble par ses dimensions à une cellule, à une cabine de transatlantique, à un belvédère, ou bien, quelquefois, à une dunette... Elle est meublée d'une armoire blanche, d'une table de sapin teinte au brou de noix, sur quoi j'écris, d'une chaise, d'un lit-divan où je dors, où je rêve les yeux ouverts, ou fermés, pendant que le réveille-matin grignote ce qui reste de la nuit. Les murs sont ocre.

D'ici, du huitième étage, de plus de quarante ans de hauteur, je prends tout mon passé en enfilade, sans avoir à me déranger. Je me vois tel une ombre vaguant dans un décor de carton. Pressé d'atteindre je ne sais quel but, j'ai couru, j'ai pris des chemins de traverse, je me suis égaré. Je me sens à présent tout rafalé et courbatu ; j'ai l'âme qui traîne la jambe.

J'ai vécu comme j'ai joué — fiévreusement — j'ai perdu ; j'ai procédé sans aucune méthode, j'ai misé là aussi le tout sur le tout, jour après jour, cela finit par peser lourd ; on dirait déjà les premières pelletées qui tombent...

La vie, en définitive, c'est vite fait et c'est bientôt dit. La vie, un petit mot d'une syllabe, presque un soupir.

Avoir vingt ans, vingt-cinq ans... Oui, on « a » vingt ans ; on est à la tête de beaucoup de choses. Mais « avoir » quarante ans, c'est ne plus rien avoir.

Penché sur cette feuille blanche en forme de miroir, je resonge à d'anciennes histoires qui me sont arrivées. Et je les couche sur le papier, je les borde, je les dorlotte... Tout cela m'amuse un peu. Cependant, je sais la ville dans mon dos, immobile, je me trouve en lieu sûr, enfin, je suis tranquille : elle est là, couchée, elle me tient compagnie.

Le spectacle de ma lucarne me suffit à peu près maintenant.

Oui, je deviens casanier. Lorsque je m'écarte de la maison, de mon quartier, je suis, depuis quelque temps, pris d'angoisse à la poitrine et au cœur. Parmi la presse et les autos, le vacarme, dans le métro, je manque d'air, j'ose à peine traverser les chaussées à cette heure. Le médecin n'y peut rien faire : c'est nerveux. Il faut s'accoutumer à vivre en usant moins d'oxygène que les autres.

Je viens de retrouver, parmi de vieux papiers, un exemplaire de *la Dépêche de Toulouse* de l'année 1943. En ce temps-là, j'habitais à Tarbes, en exil, caché tout au bout de la France, et j'achetais chaque matin *la Dépêche*, ce journal qui s'obstinait à s'appeler en sous-titre « l'Organe de la Démocratie ». C'était inattendu, mais, après tout, plutôt réconfortant, sans que je puisse bien m'analyser là-dessus. Je me souviens que je me mettais à prendre connaissance des nouvelles quotidiennes avec autant d'émoi et les mêmes espoirs insensés que le résultat des courses dans *Paris-Sport* des années auparavant.

Voici ce que j'ai lu :

LE RETOUR D'AGE CHEZ L'HOMME

Rares sont les hommes qui, à partir de la quarantaine, n'ont pas à se plaindre de quelque chose. Bourdonnements d'oreilles, vertiges, bouffées de chaleur, fourmillement dans les membres, sensation de froid aux extrémités (bottes de glace), poussées congestives, varices sont fréquents à cet âge. Tous ces troubles sont combattus à merveille par les Gouttes Toulousaines. Ce remède végétal concentré régularise le courant sanguin, décongestionne les organes, supprime une foule de misères et rajeunit l'organisme. 12,25 fr. *Toutes pharmacies.*

Je n'ai pas de poussées congestives ni de varices ni de bourdonnements d'oreilles. Pas encore... Mais les bottes de glace, je les ai, et aussi une foule de misères. Ah, si j'avais pris à temps les *Gouttes Toulousaines!* Il est trop tard.

En effet, rares sont les quadragénaires (j'en suis!)

qui n'ont pas à se plaindre de quelque chose. Serait-ce le retour d'âge, déjà? Alors qu'il me semble que rien encore n'a vraiment commencé, et que j'ai tout à apprendre. Il n'y a pourtant pas si longtemps que l'on me disait « jeune homme ». Pas si longtemps non plus qu'un quadragénaire était pour moi un personnage plutôt dégoûtant. Je me représentais un monsieur à bajoues, à bésicles, gâteux, goutteux, pituiteux, sur une chaise-percée, podagre, impotent, rhumatisant, ventripotent, libidineux, en bonnet de coton, cacochyme, valétudinaire, égrillard, égrotant... Eh bien, ce n'est tout de même pas si dégoûtant que cela, un quadragénaire.

Je devrais avoir de l'expérience plein la bouche, autant que des cheveux blancs sur la tête. Et pourtant, j'ai vieilli sans bien avoir compris les choses et les gens. Non, je ne sais rien. A peine, saurais-je faire une division. Je ne connais plus le système métrique ni le système planétaire. Je ne pourrai rien dire sur le soleil ou sur la lune, ni pourquoi ils sont là, ces astres. Je vois bien qu'une journée passe et que la nuit lui succède, mais je suis empêché d'expliquer comment l'une glisse sur l'autre. J'aperçois la lune au ciel, pareille à un grand zéro blanc... Zéro, c'est tout ce que je mérite. Je vois aussi les étoiles, j'ai vu la Croix du Sud naguère, quand je me baladais dans l'hémisphère austral. J'ai connu une femme qui avait quatre grains de beauté sur la cuisse droite disposés comme la Croix du Sud ; on va inutilement bien loin en quête d'impressions. Je ne puis fournir d'éclaircissements d'aucune sorte sur les phénomènes les plus simples, l'électricité par exemple. Il est des gestes que je n'ai jamais pu accomplir : pincer les fesses d'une servante, sonner une femme de chambre (je pense à ma mère lorsqu'elle était de garde au *Buckingham Palace*...). Je ne sais pas me conduire en public. Je ne sais pas rire aux larmes, ni coudre un bouton. J'ignore tout de ce qui se passe au-dedans de mon corps : cette mécanique que j'entends battre en ce moment et qui fonctionne toute seule sans que l'on doive la remonter. Il y a des mots que je suis incapable d'orthographier justement : shampooing, entre autres (faut-il mettre deux o?), ou dithyrambe, ou syphilis, ou salicylate..., j'hésite, je me demande où placer l'y. Je suis un âne.

Et malgré cela. Il me semble, angoisses et bottes de glace mises à part, que je vais bien mieux qu'avant, à vingt ou à trente ans ; je me sens plus à l'aise, plus assuré qu'alors. Il me semble même que je commence à voir clair. Présentement, tout me paraît plus facile. J'arrive déjà sans peine à regarder par derrière moi depuis qu'il m'est venu deux petits yeux supplémentaires de l'autre côté du visage.

De trente à quarante, je me suis débarrassé de quelques inutilités ; je ne crie plus, j'ai mis la sourdine ; je vais plus librement. Et puis, à force de grimper, je crois que j'ai accédé à une sorte de plate-forme d'où l'on distingue un peu plus nettement les objets et les hommes, et soi-même. Ensuite, il n'y aura plus qu'à se laisser aller, doucement. Cela devrait marcher tout seul. Mais il se peut que je me trompe.

XXIII

De ma lucarne, c'est un beau paysage à l'œil nu. J'ai vue sur Paris depuis le Mont-Valérien, à ma gauche, jusqu'à l'Observatoire de Montsouris, à ma droite. En fait de ville, je ne connais rien de plus beau. C'est la mienne, je suis né dans son ventre. Quel plaisir d'avoir ainsi un panorama superbe à domicile, sous la main, à caresser quand l'envie m'en vient. Je regarde les dômes, les flèches, les coupoles, les tours, les cheminées d'usines, les toits, les siècles, le gris du zinc, de l'ardoise et des fumées ou des brouillards. Le gris est la teinte dominante, mais un gris nuancé, différencié à l'extrême.

Je crois parfois que c'est mon champ. Voilà longtemps que je le laboure et que je le sème : rien n'a germé, rien n'a fleuri.

Et, par-dessus tout, la tour Eiffel, cette longue perche, maigre, rousse, vêtue de dentelle au point de Paris. Ou une énorme aiguille rouillée à tricoter les nuées ? Ou un simple presse-papier-souvenir ? A son sommet, un drapeau la surmonte qui atteste la présence de la France dans le ciel, à tout hasard. La nuit, elle a deux gros yeux rouges d'insomnie. Depuis quelque temps, elle possède un troisième œil; elle voit à quarante kilomètres. Elle doit avoir un peu plus de mon âge : elle frise la cinquantaine. Elle est beaucoup plus grande que moi. J'ai su son poids exact et le nombre de boulons qu'elle a dans sa carcasse; je l'ai connue au temps de sa plus grande splendeur, quand elle était couverte de pierreries électriques des pieds à la tête (on dit qu'un homme se ruina pour elle)......

C'est la femme aux bijoux,
Celle qui rend fou,
C'est une enjôleuse...

L'Arc de Triomphe, là où repose un simple soldat que j'ai peut-être rencontré de son vivant, autour de 1913; les Invalides, là où repose un empereur sur les rives de la Seine, au milieu de ce peuple français qu'il a tant aimé (on le lui rend bien).

Le Grand Palais de mon ami le Père Bibendum, l'Opéra où je ne suis jamais allé, Saint-Augustin, le Printemps, la Butte Montmartre et le Sacré-Cœur, Dufayel (qui lançait sur nous ses meutes d'abonneurs), le clocher de Saint-Germain-des-Prés, Saint-Sulpice, les gazomètres qui montent, qui descendent, Saint-Eustache, la Tour Saint-Jacques, Saint-Germain-l'Auxerrois, l'Institut, Notre-Dame, la Sainte-Chapelle, Saint-Étienne du Mont (où je fis le serment d'être fidèle à une vieille femme), le Panthéon, les Buttes-Chaumont, le Val-de-Grâce, la gare de Lyon, la mairie du XIVe...

Les styles, les plans, les matériaux, les classes, les âges, les beaux et vilains quartiers se confondent dans la masse des maisons où nous demeurons depuis un temps immémorial, ou presque : ouvriers, employés, financiers, voleurs, prostituées, malades, agonisants, nouveau-nés. De tout un peu.

Des prisons, des casernes, des hôpitaux, des fabriques, des bureaux, des hôtels, des cafés, des bordels, des palais, des banques, des écoles, des dancings, des tripots, des églises, des musées, tout ce qu'il faut pour apprendre à vivre et à souffrir et à se divertir en société.

C'est là-dedans que s'est déroulée une grande partie de l'histoire dont je suis le protagoniste dans des emplois divers : successivement bébé, garçon, adolescent, jeune premier et, depuis peu, monsieur d'âge mûr, le cocu, le bedonnant... Voilà plus de quarante ans que je tiens la scène, parmi l'inattention générale.

Je connais cette ville à fond ; je pourrais la démonter pierre à pierre et la rebâtir ailleurs. C'est ce que j'ai fait lorsque j'ai dû m'éloigner d'elle.

Paris des douze mois de l'année, Paris changeant, Paris des quatre saisons, Paris de poche, Paris de tous les jours, Paris à vol d'oiseau, Paris dans un rectangle de verre à vitre, Paris du matin, Paris la nuit, Paris à la lune, Paris en chanson, Paris à l'arc-en-ciel, Paris aux cent mille pipes, Paris bleu de gel, Paris en rose, Paris transparent, Paris qui sue, Paris à la neige, Paris en voile d'épousée, Paris en toilette du soir, Paris paré de ses étoiles, Paris en petite robe de semaine, Paris emmitouflé dans ses écharpes de brume, Paris pauvre, abandonné, inhabité, obscurci, bombardé, Paris riche, Paris bannières au vent...

Je me suis coiffé de cette ville, elle me botte parfaitement, elle est à ma taille. Je l'ai vue sous toutes les coutures. C'est une intimité sans plus aucun secret. Paris en chemise, Paris à poil. Je m'en fais un tour de cou... C'est entre nous à la vie à la mort (la vie pour elle, la mort pour moi).

Pendant cinq ans, loin d'ici, j'ai tremblé pour elle. Allait-elle disparaître? Je me tenais près d'elle en pensée, je songeais à elle, je rêvais d'elle. Chaque fois que je la quittais, je me demandais si je la retrouverais à sa place, assise sur ses collines. A distance, je l'aimais encore davantage. Le danger pouvait venir de toutes parts : d'en haut, d'en bas. Ces palais, ces pavés et ces ponts, ces tours, ces arcs, ces maisons, toute cette pierre pouvait sauter, cette pierre paraissait si fragile. Je voyais la ville comme malade, condamnée même, tondue, éventrée déjà.

Elle est intacte. Maintenant, elle respire. On respire de nouveau cette poussière d'air très fin. La Seine bat ainsi qu'une artère qui porte un sang vert à l'Ile qui pourrait être son cœur.

Les nuages lui font en ce moment un écrin d'ouate à l'envers.

XXIV

J'habite parmi les moineaux, les pigeons, les avions de passage et, à la belle saison, parmi les hirondelles et les ramoneurs qui se téléphonent de l'un à l'autre par les cheminées : « Hohé! »

Vers dix heures du matin et trois heures de l'après-midi, sauf le dimanche, le jeudi, les jours de fêtes et de grandes vacances, j'entends une sorte d'explosion : c'est le moment de la récréation à l'école voisine dont j'aperçois la frondaison de la cour; j'ai vociféré mêmement. Puis, cela tourne à la mélopée sauvage. Vers midi, vers sept heures, monte une odeur de soupe à l'oignon, ou à l'oseille : on fait partout la cuisine. Et, le soir, les lampes s'éclairent... Encore un jour de passé, un jour creux. Notre existence est faite de jours creux aboutés; c'est pourquoi elle rend un son vide.

D'une autre fenêtre, je vois la maison blanche d'en face qui est le miroir dans quoi se réfléchit la nôtre. Il est facile de se regarder vivre du rez-de-chaussée au huitième étage. Vingt univers superposés. On y naît, on y mange, on y dort, on y joue aux cartes, on y lave son linge, on y meurt. Huit étages de roman.

Je connais mon monde... La naine du second qui s'est mise, tout récemment, en ménage avec un Kabyle. Avant, lorsqu'elle était célibataire, elle venait parfois ajuster ses bas à la fenêtre en se posant bien en lumière, pour moi. Ou elle feignait de chercher une puce sur sa cuisse. Maintenant, elle ne le fait plus... Je me rappelle la blonde du cinquième, lorsqu'elle était enceinte de son premier enfant qui, aujourd'hui, dépasse la barre d'appui du balcon d'une tête; le deuxième apprend déjà à marcher. Ça pousse. Ça pousse tellement qu'ils nous ficheront dehors... Il y a une autre petite aux cheveux très noirs que j'ai vue grosse à éclater et qui est redevenue gracile. Et c'est ainsi que je sens que le temps passe. Leur bedaine me sert de sablier. Il y a, au cinquième encore, une brune qui a le goût de l'hydrothérapie : elle se débarbouille longuement dans sa cuisine, le matin.

Quand j'y pense, j'assiste à sa toilette : elle enlève sa chemise de nuit, par le haut, en inclinant le buste, comme on se dépiaute... Je ne la distingue pas nettement à travers la vitre dépolie, mais je reconstitue à peu près ce qui m'échappe, par l'esprit, si je puis ainsi dire; je ne discerne que le clair de sa peau et l'obscur de sa chevelure : une chandelle qui aurait une flamme sombre. Ma vue baisse un peu. En revanche, je suis bien ses mouvements quand elle s'essuie vigoureusement entre les jambes avec une serviette, et quand elle se frotte les seins de bas en haut et qu'elle se peigne, qu'elle s'épile, qu'elle se maquille et qu'elle enfile sa culotte... C'est une troublante pantomime.

De loin, elles paraissent toutes assez jolies. Elles ont en commun d'être sans jambes; les femmes d'en face s'arrêtent au genou.

Parfois l'une d'elles arrache inopinément ses vêtements et elle apparaît presque nue, en combinaison, pour un instant. Cela ne se produit que par les grandes chaleurs, car, en hiver, on se calfeutre.

Mais il faut compter aussi avec les mirages. Et d'ailleurs je ne puis stationner continûment en guetteur à ma fenêtre, j'ai autre chose à faire.

Je m'intéresse également à un petit vieux qui porte toujours un tablier. Après le dîner, il met sa casquette de cuir, il allume sa pipe et il souffle alors une telle fumée que l'on croirait qu'il y a le feu chez lui. C'est sa récréation.

Le dimanche, toutes les femmes s'affairent autour de leur réchaud, à préparer un bon déjeuner. Il vient des fenêtres ouvertes une rumeur heureuse de bavardage et de musique légère de la radio. L'une, en tablie blanc, bat des œufs, elle y enfonce le doigt pour goûter. L'autre pend du linge à sécher sur une corde, tandis que son mari récure la gouttière au moyen d'un manche à balai (on profite de ses loisirs pour faire quantité de petits travaux). Plus haut, une autre repasse. Un père donne la bouillie à son enfant qui repousse la cuiller... Il y .a dans leurs gestes une certaine harmonie : ils sont tous branchés sur le même poste.

Et les lumières s'éteignent. Qu'est-ce qu'ils font? Ils s'embrassent, répondais-je. Mais non, c'est la bougie qui fond, me disait mon père.

En vérité, c'est le temps qui fond, nuit et jour, comme un bout de sucre sur quoi goutte de l'eau.

XXV

Les nuits sont difficiles à traverser. Je suis quelquefois brusquement réveillé par le sifflement d'un train qui roule en direction de l'ouest, vers l'océan. Il m'appelle? Je ne pars plus; je suis pris.

Ou c'est un terrible cri de femme qui monte d'on ne sait où. Un cri de douleur? De grand bonheur? Encore une que l'on a poignardée dans les parages.

Ou c'est un gros vent qui se lève au dehors. La station de gaz compressé du coin de la rue imite le roulement des vagues. La navigation devient périlleuse Alors, je prends la barre. Et je gouverne aux étoiles, sans cartes ni compas. J'avance en pleine brume...

Nous avions un pareil temps de chien dans le Pas-de-Calais, à bord du *Vigo*. Mais j'avais Else près de moi. La sirène mugissait de minute en minute.

Il y a des nuits trop chaudes, sans sommeil. Le silence est complet. Il est ici, dans la soupente, je le sens, il m'enveloppe, j'étouffe, j'attends, je l'écoute... A cette heure tardive, la station de gaz a cessé de fonctionner. Rien. Puis, c'est comme la respiration d'un énorme animal que j'entends. Le mur est brûlant. Il fait aussi noir, aussi lourd sur la ville. Tout le monde dort à Paris. Les immeubles ont des yeux crevés au lieu de fenêtres. Une vieille amertume remonte à la bouche. J'ai bu trop de café. Balzac en consommait beaucoup ; cela le stimulait. Comme la nuit est épaisse. C'est la prison perpétuelle. Impossible de s'évader : la nuit est partout. Dans le jour, on ne se doute pas du danger qu'il y a de vivre. Que va-t-il se passer ? Tout de suite. Où va-t-on ? Il n'y a pas qu'un animal à fourrure ; il y en a cent ; cent mille. La soupente est un enfer ; c'est l'enfer ; et ce n'est qu'un commencement. Je suis un mort.

Je me mets debout, je marche, je pisse pour faire quelque chose, pour sentir mon corps et, surtout, pour essayer d'éteindre ce feu noir qui m'entoure de toutes parts.

Il faudrait dormir la nuit, à cause des phantasmes.

XXVI

De la fenêtre du bas, par delà la maison d'en face, où il y a tant de femmes, j'aperçois les coteaux et la verdure de Meudon, par temps clair.

Je passai là deux jours de vacances avec Rose, en août, il y a quinze ans. A Bellevue, à l'*Hôtel de la Nouvelle-Gare*, non loin de la gare, en effet. L'hôtel était aussi un bureau de tabac, qui se reconnaissait à un gros cigare rouge qui s'éclairait la nuit. Cela faisait penser à un bordel. Sur la façade, il y avait une inscription : billard au premier. Nous logions au deuxième, séparément, car nous étions convenus de nous aimer avec l'âme, et pas autrement. C'était une tentative assez particulière d'amour à sec.

D'un escalier de pierre, là où tourne la Seine, on avait tout Paris.

Le premier soir, j'émis l'idée de me suicider ; je le lui dis.

« Je ne peux pas t'empêcher de mourir, répondit-elle, je crois pourtant que tu devrais vivre. »

Nous nous trouvions dans sa chambre sans lumière. Elle avait une voix de petite fille, ou de petite vieille. Je partis donc. Elle eût dû me retenir.

Le pont du chemin de fer est à deux pas. Je me parlai avec douceur, je m'attendris. Le parapet était haut. Je serrais un barreau de la grille. Le train s'approchait. Je me dis au revoir. Tout y était, comme dans les films : le halètement de la machine, la vapeur, les taches vertes et rouges des sémaphores... On écrirait un fait-divers sur moi... A la dernière seconde, je refusai de poursuivre le rôle. Je rentrai. Mes doigts étaient noircis. Rose dormait d'un sommeil léger. Elle avait toujours grande envie de sommeil ; elle pouvait s'endormir debout pendant une conversation.

« Je savais bien que tu reviendrais », murmura-t-elle.

J'allai me coucher aussi. Il me souvient que le lendemain nous avons eu du lapin en gibelotte au déjeuner.

Bien plus tard, je repassai par Bellevue, sans m'arrêter, dans le train qui va de la gare Montparnasse à Versailles. J'étais avec Reine, ma femme. Elle avait une robe d'été blanche à pois noirs. Lorsque le wagon s'engagea sous le pont, j'avais ma main posée à plat sur son giron à l'endroit tiède où il n'y a pas de jarretelles ; j'étais content d'avoir sauvé ma vie.

Jusqu'à une certaine époque, rien n'est jamais fini. On a beau tailler, couper, ça repousse à chaque printemps.

XXVII

Un arrondissement, c'est immense. On risquerait de s'y perdre. C'est une ville en miniature dans la grande; un vingtième de capitale, cela nous suffit. Je ne me chargerais pas de décrire le XIVe ni topographiquement, ni historiquement, ni archéologiquement, ni sociologiquement, ni géopolitiquement, d'aucune manière. Je ne le connais pas suffisamment. Tout au plus puis-je dire qu'il affecte la forme d'un trapèze à peu près isocèle. Parmi les édifices importants, je rappelle l'église Saint-Pierre du Petit-Montrouge, l'Asile Maternel, la mairie qui se trouve au milieu, comme il se doit, des écoles... D'un point de vue esthétique, il convient de signaler le Lion de Belfort, en bronze, par Bartholdi, et la statue de Michel Servet, en pierre, dont je reparlerai.

Nous n'avons pas de plus noble monument que le Lion. C'est notre gros fétiche et comme un emblème de virilité pour les habitants des alentours. Depuis notre première rencontre, au sortir de la clinique Tarnier, un jour de mars 1900, il a eu sa revanche. Puis, on fit la belle. Il semble un peu avachi, et sa peau est toute mangée par une gale, couleur vert-de-gris.

On pourrait ajouter que l'arrondissement se divise en deux parties : l'une, à gauche en venant du Lion, triste, administrative ; l'autre, à droite, habitée, populeuse. La démarcation étant faite par l'avenue d'Orléans, ci-devant rue d'Enfer, qui est notre halle à ciel ouvert, nos Grands Boulevards, nos Champs-Élysées, notre Broadway. Mais cela est assez sommaire.

Dans la partie officielle, nous avons des hôpitaux en grand nombre, un asile d'aliénés sous le vocable de Sainte-Anne, une prison célèbre : la Santé (je trouve l'appellation amusante ; pourquoi pas « la Liberté » ?), nous avons aussi les Catacombes (visite le premier et troisième samedi, apporter une bougie), les réservoirs de la Vanne, la Cité Universitaire, le parc Montsouris, une école de dressage dont la destination ne m'est pas connue, une maison de retraite sur quoi je reviendrai tout à la fin, deux cimetières, une gare...

Une fois au boulevard de ceinture, on est dans les grands espaces et l'on respire profondément. On ne rencontre plus personne. Si j'étais amoureux, c'est dans ce désert que j'irais me cacher avec ma bonne amie.

Le parc Montsouris est fréquenté par des orphelines principalement. Elles paraissent affectionner ce jardin pour sa tristesse qui leur va bien ; elles s'y donnent des rendez-vous. On y rencontre aussi des vieilles gens qui lisent de vieux journaux, des parents honteux qui poussent des voitures dans lesquelles somnolent des bambins goitreux, prognathes ou idiots. D'une façon générale, tout le monde est habillé de noir, en prévision d'un accident possible. Deux précautions valent mieux qu'une.

Un peu plus loin, on longe les réservoirs de la Vanne, une sorte de digue ou de fortification. On avance entre deux murailles faites d'une pierre d'éternité, sur quoi il est même défendu d'afficher. On arrive à Sainte-Anne, on tourne autour de la Santé... De l'autre côté, des hommes purgent leur peine sans pouvoir se vider jamais et sans jamais un seul jour de sortie. Ils donneraient tout pour être dans notre peau dont nous ne savons que faire, à traînailler dans ces rues du dimanche. Tout? Mais ils ne possèdent plus rien, ni les prisonniers ni les fous.

Puis, on atteint les confins des XIVe, XIIIe et V^e^ arrondissements : Cochin, la Maternité, les Enfants-Assistés, la caserne de Lourcines.

C'est dans cette caserne que mon père a fait son service militaire, avec quelque retard; c'est aux Enfants-Assistés que ma grand'mère voulait que j'aille... j'ai eu de la chance.

Partant de la Maternité, en passant par les Enfants-Assistés et par la caserne, le chemin n'est pas long jusqu'à la Santé ou Sainte-Anne. Sans avoir à quitter l'arrondissement, on peut avoir une existence bien remplie.

Certaines de nos rues conservent de jolis noms rustiques, du temps où Paris s'arrêtait à la Barrière d'Enfer, du temps où nous n'étions que des Petits-Montrougiens (ce n'est qu'en 1869 que nous avons été incorporés dans la ville) : la rue des Plantes, la rue du Moulin-Vert, la rue du Moulin-de-Beurre, la rue Maison-Dieu, la rue de la Voie-Verte, la rue de la Sablière, la rue du Château... Des noms simples : la rue Julie, la rue Colas, la rue Marie-Rose...

L'arrondissement est coupé par de larges avenues et boulevards : l'avenue d'Orléans, l'avenue du Maine, le boulevard Raspail, le boulevard Saint-Jacques, le boulevard Arago où l'on dressait la guillotine au petit matin quand les exécutions capitales avaient lieu publiquement : encore une distraction abolie.

A noter aussi, un centre artistique universellement réputé : *le Dôme*, mais aujourd'hui bien délaissé.

Pour être plus complet, j'indique, mais de manière adventice, une vitrine assez attachante de la rue d'Alésia : on y expose, dans un coin, un buste féminin en cire d'une belle carnation et aux mamelons larges et foncés, très naturels. C'est une réclame pour un soutien-gorge « maintenant les seins hauts et très séparés, garanti *indéformable* au lavage ». Ils sont hauts, en effet, et très séparés.

Je préfère la partie populeuse, la rue Vercingétorix que nous appelons courtement : Vercin, la rue Raymond-Losserand, ex-rue de Vanves qui conduit au marché aux puces de la porte de Vanves, et toutes les petites rues adjacentes où, dans le gros de l'été, la chaleur, le manque d'air, les puces et les punaises font croire aux gens qu'ils sont émoustillés par l'amour.

Il y a aussi des places paisibles, des placettes de village, des rues provinciales : la rue du Commandeur, la rue Hallé, la rue Ducouëdic, la rue Sophie-Germain...

Plusieurs personnalités illustres ont vécu dans nos murs, citons, au hasard : le douanier Rousseau, Lénine, Chateaubriand...

Nous avons une fanfare, pour les joies de l'oreille.

Et la descente de la rue de la Gaîté ! *Bobino*, la *Gaîté Montparnasse*, des bals, de petits marchands, un curieux poste de police à l'enseigne des *Iles Marquises*. La dernière fois que je me trouvai par là, un agent y emmenait un ivrogne qui répétait :

« Mais qu'est-ce que j'ai fait à la société ? »

Dans cette même rue, je fis l'emplette un jour d'une

boîte de préservatifs. Je ne savais comment m'y prendre (il n'y a pourtant pas très longtemps de cela). J'avais rôdé longuement à la devanture de plusieurs pharmaciens. J'y pensais continuellement ; il m'en fallait. Je n'en connaissais ni le prix ni le mode d'emploi. J'ai déjà dit que je suis un âne. J'étais allé au *Bon Marché*, j'avais consulté un catalogue avec le propos de montrer du doigt au vendeur l'objet que je désirais sans le nommer. Les magasins de Mme Boucicaut ne possédaient pas cet article. J'étais tout de même entré dans une boutique où j'avais été reçu par une dame et sa petite fille, ce qui m'obligea d'acquérir une savonnette. Finalement, vers le bout de cette ennuyeuse journée, je m'engouffrai soudain dans une parfumerie de la rue de la Gaîté. Ce fut, de nouveau, une dame qui m'accueillit. Cette fois, je déclarai crûment ce que je voulais ; elle ne parut point surprise. Au contraire, elle étala différentes marques sur le comptoir en me disant :

« Moi, je vous conseillerais ceci, c'est très bien, très souple, et très résistant. »

J'ai toujours été timide (et hypocrite ?). Quelques années avant en Amérique, j'avais acheté un chapeau dont je n'avais nul besoin, au lieu de caleçons qui m'étaient nécessaires. Je n'avais pas osé les commander à la demoiselle de magasin qui était jeune et bien gracieuse. Je crois que j'agirais de même aujourd'hui. L'extérieur se modifie, le fond reste pareil, cette espèce de petit bouquet de fleurs que l'on garde tout frais en soi.

La place Denfert-Rochereau est notre plus belle place. Elle s'orne du Lion et des deux pavillons de Claude-Nicolas Ledoux qui datent de l'enceinte des Fermiers généraux.

Pour qui eût tenu à me voir en personne, il aurait suffi, il y a peu de temps encore, de venir par là, le dimanche sur le midi. J'allais attendre mes parents à la bouche du métro.

Sous le porche de Ledoux, un petit groupe de turfistes qui, des journaux spécialisés en mains, commentaient la réunion hippique de l'après-midi. Je ne m'explique pas pourquoi ils recherchent ce porche. Des vendeurs de journaux de tendances politiques opposées : l'*Humanité*, la *Vérité*, *Combat*... Mais ils s'accordaient pour annoncer leur titre à tour de rôle.

Ils doivent y être encore.

Un marchand de marrons en hiver, un marchand de glaces en été, une marchande de fleurs, en toute saison, blonde, gentille, rieuse, haut troussée...

« Fleurissez-vous, Mesdames. Fleurissez-vous, Messieurs ! »

Elle ne criait qu'au moment où les voyageurs arrivaient par fournées. Le gardien du square voisin lui prêtait obligeamment une chaise sur quoi elle posait son panier.

Il advenait qu'un étranger me demandât son chemin ; j'étais bien aise de pouvoir lui fournir une indication. C'est la seule portion du monde où je puisse me risquer à donner un renseignement. Je connais seulement quelques rues du quartier. Un autre voulait un peu de feu pour sa cigarette. Je me rendais utile à mes semblables.

Mes parents émergeaient de l'escalier, dans les derniers, car ma mère marchait lentement. Et maintenant, elle ne peut même plus faire ce déplacement ; elle doit rester chez elle, rue Serpollet. C'est moi qui vais la voir. Elle aimait pourtant bien me faire visite ; c'était une occasion de changer d'air.

XXVIII

Le quartier est bien desservi par le chemin de fer du métropolitain et par des autobus : le 28, le 68, le 38 qui va de Montrouge à la gare de l'Est. J'ai parcouru cette ligne sur l'impériale de l'omnibus à chevaux, puis dans le tramway à vapeur, puis dans le tramway électrique, puis dans l'autobus qui portait le numéro 8.

Puis, nous fûmes mobilisés, nous Français, et nos autobus. Une fois, nous nous sommes croisés, le 8 et moi ; c'était un soir de juin 1940, sur une route de Bourgogne. Les hommes et les choses étaient en kaki. L'armée française, dont je faisais partie, reculait. Lui aussi faisait partie de cette armée malheureuse. Il était tombé définitivement en panne dans un fossé. On voyait ses organes qui pendaient, il était blessé. Nous avions fait un semblable itinéraire de kilomètres de France à rebours, depuis la gare de l'Est, pour nous retrouver, loin de Paris, au milieu de cette campagne d'été. Il avait stoppé là. Nous continuions sans lui à fuir péniblement vers le sud ; nous écrivions l'Histoire dans la terre, avec nos pieds ; nous n'allions pas tarder à stopper à notre tour. Dans la suite, j'ai eu le loisir de penser souvent au 8, sans espérer que l'on se reverrait dans notre ville, vivants, libres tous deux.

J'ai pris le 8, nouvellement immatriculé 38, le jour de sa remise en service ; je l'ai pris sans nécessité, pour le plaisir. On était revenus d'une longue balade. J'avais déjà oublié mon numéro matricule. Nous avons fait un doux voyage, sur pneumatiques, d'un bout à l'autre de la ligne, au vent des rues. Il me semblait retourner dans le temps : le Lion de Belfort, la *Closerie des Lilas*, le maréchal Ney qui venait de rentrer lui aussi (les guerres modernes ne l'intéressent pas ; il est pour la charge), la clinique Tarnier, le Luxembourg, la Seine... tous mes points de repère. Nous traversions Paris du sud à l'est, par sections. Paris a le dessin d'un cœur. Je me tenais sur la plate-forme, pressé contre la balustrade qui me comprimait la poitrine, j'avais la respiration courte et je m'imaginais éprouver une légère émotion.

C'était, à quarante ans d'intervalle, une autre fin d'hiver, étrangement douce. Le printemps se cachait tout près, j'ai cru le reconnaître à son odeur, comme s'il allait descendre d'un coup sur nous. Oui, c'était l'odeur des bourgeons mêlée à celle du benzol qui me picotait les narines, une odeur de paix. Paris, le 38, le benzol, le printemps et la paix... Est-ce qu'on allait pouvoir se remettre à vivre, pour quelque temps ?

La voiture était presque vide. On brûlait des arrêts. Un voyageur, en montant, fit une remarque :

« Ça s'améliore. »

Nous étions visiblement satisfaits de retrouver notre ancien véhicule, vert et jaune. Le receveur, désœuvré, adressait un sourire à chacun. Cela prenait des allures d'inauguration intime. Mais, sous ces congratulations informulées, on sentait une inquiétude.

« Pourvu que ça dure », dit le receveur.

Le 38, ex-8, nous emportait vers un avenir fragile.

XXIX

Il m'arrive de m'attabler à la terrasse de la *Closerie des Lilas* d'où je suis parti.

On dirait que rien n'a considérablement changé. Sauf moi, et encore... Je suis plus grand, plus gros, mais pas plus fort, à peine moins pauvre que la première fois. Les platanes aussi sont plus gros, plus grands — ils mourront comme les autres. Le maréchal Ney, Francis Garnier, les femmes nues sont plus verts qu'avant. C'est ainsi que les statues grisonnent...

Oui, comme si, entre temps, rien ne s'était passé. Il y a pourtant un grand vide à la place du bal Bullier, le Sénat n'a plus le même nom, le chemin de fer de Sceaux marche à l'électricité, le Sacré-Cœur est achevé, et puis nous allons, un jour ou l'autre, perdre l'Indochine que Francis Garnier s'était donné le mal de conquérir. Il y a maintenant un grand vide en nous-même.

C'est là aussi que je revis Rose, un soir d'automne. Je rentrais d'un long séjour aux pays chauds, j'avais l'apparence d'un mulâtre, ma peau était toute brune, j'avais trente ans. C'est à cette terrasse que nous convînmes de rompre, à chaud. Ce fut très douloureux, je crus que je ne le supporterais pas, je me trompais. En m'éloignant sur la chaussée, près de Francis Garnier, je manquai de me faire écraser par un taxi. Le chauffeur m'apostropha

« Alors, t'as de la mouscaille dans les yeux, p'tit con! »

Ce n'était pas de la mouscaille, c'étaient des larmes. Mais il avait raison, de son point de vue, de me traiter de p'tit con : j'aurais pu être la cause d'un accident. Nous avons tous été des p'tits cons à nos heures, y compris le chauffeur.

A présent, nous sommes devenus bons amis, Rose, son mari et moi. Nous avons tous trois un peu enflé avec l'âge, nous sommes en outre devenus raisonnables, et un peu poussifs aussi pour les sentiments. (Prenez le chagrin d'amour le plus violent, laissez-le mariner, ajoutez-y dix ans, et il n'en restera rien, ou presque, une impression vague de roman aux trois quarts oublié.)

Je repense à tout cela, en buvant un verre à la terrasse de la *Closerie des Lilas*, à ma naissance, à mes amours, ou à d'autres choses.

XXX

A partir d'ici, je dirai : « nous » puisque je n'ai presque plus d'existence personnelle — elle ,est figée. Je vis comme les autres, avec les autres. Je ne suis plus moi, je suis les autres, dans la double acception d' « être » et de « suivre » (comme on dit : « je suis le mouvement »). Je n'ai plus rien en propre. J'ai sombré un jour corps et biens.

Nous avons la même carte d'identité, la même carte d'électeur, la même carte d'alimentation de la catégorie « M ». Nous touchons le même pain contre les mêmes tickets. J'ai cessé d'être un de ces fantaisistes que l'on classe parmi les « isolés civils » ; je suis un des innombrables « M ». Je porte la vie de confection qui va à tout le monde, à quelques retouches près. Il faudrait être singulièrement mal fichu pour ne pas s'y sentir à l'aise.

Je ne me conjugue plus qu'au passé défini, ou indéfini.

Et d'ailleurs, chacun possède encore son petit univers individuel : les uns ont la serinophilie, ou la philatélie, d'autres se penchent sur les courses de chevaux. Quant à moi, j'ai de ma fenêtre l'immeuble d'en face (je ne déteste pas les horizons rétrécis), et de ma lucarne, Paris. J'ai mon théâtre à la maison. Avec, par surcroît, de temps en temps, un petit nuage blanc allongé, c'est mon nuage qui contient tout un monde ancien, il est fourré de mes souvenirs, il a la forme d'une dragée, c'est mon paradis volant. Ou une étoile qui me fait de l'œil dans la nuit. J'aurais tort de me plaindre.

Pourquoi s'écarter de chez soi? Ma mère dit justement qu'un petit « chez soi » vaut mieux qu'un grand « chez les autres »; elle le sait de reste. Pourquoi s'éloigner de son quartier? Nous avons ici ce qu'il nous faut; nous sommes à proximité de l'église, de la mairie (pour les formalités), du square, du marché. C'est central. Les cafés ne manquent pas; dans ma seule rue, il y a *Le Bouquet*, *Les Insouciants*, *La Meilleure des Plantes* (c'est la vigne), *Les Vrais Insouciants*...

Pour les distractions, nous avons le marché aux puces de la Porte de Vanves, le dimanche matin, en été.

En plus, nous disposons aux alentours de pas moins de sept salles de cinéma. L'art sonore et parlant à portée de la main. C'est-à-dire que nous pourrions nous divertir chaque soir, que Dieu, dans sa grande indifférence, nous accorde. Mais cela n'est malheureusement pas possible : notre bourse n'y suffirait point. Il faut se contenter de rire le samedi. Le lendemain, on peut faire la grasse matinée, en méditant sur le film de la veille, ce qui est doublement agréable.

Quand nous sommes désireux de variété, nous poussons jusqu'à *Bobino*, tout près, rue de la Gaîté.

Il n'existe pas de théâtres par ici. En vérité, nous préférons le cinéma : c'est plus commode, on ne doit pas s'habiller; c'est moins cher, et puis l'obscurité nous plaît, nul contrôleur ne nous examine sévèrement à l'entrée, nous trouvons aussi que c'est plus réel (est-ce que nous nous faisons bien comprendre?).

Rien n'est parfait, hélas! Les nouveautés ne paraissent chez nous qu'avec beaucoup de retard. Et même, certains films ne viennent jamais; ceux, dont on juge qu'ils dépassent l'entendement du gros public. A défaut de la qualité, il nous reste au moins la quantité. Nous prétendons à une très vaste culture cinématographique, si la culture se mesure au nombre de kilomètres de pellicule avalée par les yeux.

Nous entrons de confiance, sans même parfois consulter l'affiche. Il advient que nous ayons déjà vu le film. Peu nous chaut du sujet : drame d'amour, comédie légère, aventures policières ou d'espionnage, n'importe. Pourvu que cela ne se passe pas dans nos quartiers, mais autre part, chez les gens riches, chez les bandits, au Far-West, aux antipodes, en Californie... Ce qui compte, c'est de sortir un peu de ses quatre murs où les fleurs de papier ne changeront jamais, et de sa peau, exceptionnellement.

Que n'avons-nous pas appris grâce au cinématographe! On sait ce qu'est la vie menée à grandes guides; on sait qu'il y a des femmes ensorceleuses; on saurait peut-être se tenir comme il faut dans un salon... Personne n'a encore eu l'idée de nous montrer, nous, tels que nous sommes. Qui cela intéresserait-il? D'ailleurs, nous ne tenons nullement à nous reconnaître. Nous aimons mieux rouler en auto, voler, assassiner, voyager...

Nous aimons aussi les histoires d'amour qui ne nous sont jamais arrivées, ou celles dont nous disons qu'elles ont un sens, ou bien les films sur les armes à feu : revolvers, mitraillettes... La vue de ces objets nous échauffe étrangement. Et surtout ce petit trou noir par où jaillira la mort. C'est éminemment éducatif. Que l'on me confie un revolver (un *luger*) et je descends mon bonhomme sans tirer l'arme de ma poche, ainsi que je l'ai vu faire si souvent.

L'*Océanic*, la « salle atmosphérique du quartier », est plaisante, artistement décorée. Les murs, c'est la mer qui s'étend à l'infini, et le plafond, sur nos têtes, c'est le ciel d'un bleu semblablement profond. L'éclairage électrique vient par des hublots, ce qui nous donne l'illusion, dans un fauteuil, de nous trouver à bord d'un bateau. Et cette illusion augmente notre plaisir. C'est on ne peut mieux réussi, dans le genre atmosphérique. Le patron fait glisser le rideau, alors apparaît l'écran blanc. Il nous semble que l'on hisse la grand'voile, les lumières sont subitement coupées, et nous voilà partis, tous feux éteints, pour notre traversée hebdomadaire : deux heures en mer.

Après quelque temps, l'air devient bleu. L'*Océanic* s'enfonce lentement dans le brouillard et les embruns que nous ne connaissons pas autrement, au XIVe.

Naguère, j'étais plus curieux, plus remuant. J'allais loin pour voir un certain film, bon ou mauvais. En cela aussi, je voulais être dans les premiers. Mais j'ai été un peu trop bousculé, ces dernières années, j'aspire à quelque repos.

Je vis *la Rue sans joie* un soir pluvieux, à Bordeaux. Le cinéma est dans une rue étroite que je ne retrouverais pas facilement de moi-même. Les pavés luisaient. Nous étions deux, Séraphine et moi. C'est là que nos routes se séparaient, c'est là, dans cette rue, que nous décidâmes de rester ensemble, en dépit des obstacles de toute sorte qui nous empêchaient de le faire. Mais j'embrouille tout, la rue sans joie et celle de Bordeaux, elles sont pareillement sinistres. Et je ne découvre plus qu'une seule femme, dans cette rue sous la pluie, elle ressemble à Séraphine et aussi à Greta Garbo.

Dans une capitale sud-américaine, j'absorbai une grosse quantité de films. Les cinémas, là-bas, s'appellent des « biographes ». Le spectacle, divisé en « fonctions », commence à une heure de l'après-midi et prend fin à une heure du matin. On achète à la caisse des billets pour une, deux, trois, ou quatre « fonctions ». J'en prenais généralement quatre d'un coup, pour ne pas réfléchir sur mon sort durant douze heures de suite ; je m'embêtais un peu après Paris ; je n'ai pas gardé d'impressions précises de cette longue fonction obscure.

Une autre fois que j'étais tombé en panne dans une petite bourgade-frontière du Brésil et de l'Uruguay, à Jaguaraõ, je revis un vieux film suédois dont je ne me rappelle plus le titre. Le public qui se composait de nègres en majorité montrait le plus vif emballement pour cette histoire de port brumeux et d'amoureux blonds et pâles. Tellement que je craignis que les négrillons parqués dans des tribunes ne me tombassent sur le dos.

Ailleurs, à Lisbonne, je m'égarai un jour dans une salle populaire. Je m'assis sur des bancs de bois à côté de marins, de petits vendeurs de journaux et de billets de loterie. J'étais entré car on annonçait *Théodore et Cie*, avec Raimu et Préjean. Cela me fit plaisir d'entendre parler ma langue et je trouvai les dialogues fins et spirituels. La salle n'avait pas de toit et, lorsque je levais les yeux, je voyais la lune comme un écran circulaire et supplémentaire.

XXXI

Nous montrons aussi un penchant pour le *Saint-Pierre Palace*, sur l'avenue d'Orléans. Cette petite salle est toujours pleine de gens.

Le prix des places a été d'abord augmenté, puis nous avons bénéficié des deux baisses successives de Léon Blum, de cinq pour cent chacune, puis nous avons subi la hausse de trente-cinq pour cent (de Ramadier) — les ministres se suivent, tout renchérit — ce qui porte momentanément le prix du fauteuil à trente francs (les sept premiers rangs de l'orchestre) au lieu de trois francs cinquante avant la guerre de 1939.

Je ne puis rien dire des tarifs d'avant la guerre de 1914; je sais seulement que mes parents ont tendu à payer demi-place pour moi le plus longtemps possible. Ils ne manquaient pas de me recommander de me faire plus petit que je n'étais, de me tasser en passant dans les tourniquets, les portillons. Ils m'engageaient à mentir si quelqu'un m'eût posé une question directe sur mon âge. C'est probablement depuis lors que je cherche toujours à passer inaperçu.

Pendant les grands froids, il vient en matinée, aux sept premiers rangs, une nouvelle clientèle de très vieilles bonnes femmes vêtues de deuil qui n'ont plus de feu chez elles. Les hivers sont longs. Nous formons là un groupe serré d' « économiquement faibles », ainsi que l'on nous nomme. Quelques-unes de ces personnes continuent à tricoter durant la projection.

Oui, on oublie les tracas, la disette, le manque de viande ou de vin, les prix fous de la rue... Et l'on s'oublie soi-même quel que soit le temps.

Pour trente francs, un seul grand rêve en toile pour tous.

Chaude température, des vasques qui s'éclairent en rose et en bleu à l'entr'acte, des palmiers, de la couleur rouge, des dorures... c'est plus beau que chez nous. On se carre dans la peluche bleu ciel, on fume, on s'amollit, et l'on finit par prendre des poses de pachas, de moukères parmi cette ambiance de luxe un peu oriental, on verse doucement dans l'hédonisme. C'est peut-être ce qui fait le charme du *Saint-Pierre Palace.*

Un petit inconvénient : on est tout près de la porte des ouatters et de secours en cas d'incendie, l'odeur n'est pas insupportable, mais il souffle par là un fort courant d'air dans les pieds. Trop près aussi de l'écran, ce qui nous force à tenir la tête à la renverse. En outre, les acteurs paraissent affligés d'une même déformation crânienne ; ils sont tous légèrement dolichocéphales : c'est un effet d'optique.

Ordinairement, avant que les réjouissances ne commencent, le patron s'adresse à nous par le moyen d'un haut-parleur, ce qui change étonnamment sa voix. Il nous rappelle qu'il est formellement interdit de fumer dans la salle par ordre du Préfet de police. On l'écoute en ricanant et en tirant de plus belle sur nos pipes et nos cigarettes. Nous nous considérons, comme des hommes libres et nous le démontrons ainsi. Nous avons assez obéi, nous marquons un point.

D'abord, les « Actus ». Nous n'avons pas d'autre occasion d'admirer nos dirigeants ou d'assister à des défilés militaires, à des matches de rugby, à des incendies, à des cross cyclo-pédestres aux péripéties familières. L'actualité varie peu. C'est pour nous une façon commode et peu coûteuse de rester au fait du sport, de la politique, des mondanités, des événements internationaux. Il y a, dans les images de présentation des actualités Fox-Moviétone, un groupe de sportives aux jambes nues, parmi lesquelles j'ai distingué une grande brune (au centre) qui se balance rythmiquement, comme un pendule, depuis des années, d'une manière assez obsédante.

Si, par malchance, on nous privait de cinéma, nous serions profondément affectés. C'est notre dessert, notre récompense après le travail ; c'est le beau côté de l'existence, comme si elle était réversible, une doublure tout soie. On devient sourds, muets ; on s'amuse désespérément à partir de vingt heures quarante-cinq. Dehors, la terre peut se décrocher. On s'arrête de vivre à titre personnel. Plus rien à faire qu'à regarder les autres ; à leur tour de souffrir un peu.

Dernièrement, nous vîmes un film bien intéressant : *Gung Ho*. La théorie d'abord : dans un camp de fusiliers-marins américains, on enseigne à tuer méthodiquement. Après cela, il n'est plus possible d'ignorer une seule des multiples manières de supprimer un homme. Nous croyions pourtant être très ferrés sur ce point. Voilà des jeux profitables pour la marmaille de nos cours (l'assassinat en une leçon). Puis, on passe à la pratique. Comment vous pouvez écraser la tête d'un ennemi d'un revers de crosse : la matière cérébrale éclate comme un fromage blanc, clac! rien n'est perdu grâce au son. Et aussi comment l'on enfonce les deux pouces en même temps dans les orbites de l'adversaire : il est aveugle, il est à vous. Et de splendides charges à la baïonnette rappelant des temps que nous ne reverrons plus. En avant! *Gung ho!* Pour la démocratie, la liberté! Que font-ils de leurs dix doigts dans le civil ces fusiliers-marins? S'il en reste.

Mais rien ne vaut le couteau. C'est ce qui ressort en tant qu'enseignement. L'avantage du couteau est longuement commenté. De beaux couteaux à lames luisantes emmanchées solidement. Un coup sans que la main tremble, à l'endroit du sein derrière quoi se cache un cœur rouge, battant. C'est ce qu'il y a de mieux pour opérer sans bruit, sinon sans douleur. A peine perçoit-on comme un froissement de soie quand l'acier, crevant le tissu, pénètre dans la chair chaude encore. Le Chinois n'a pas le temps de gueuler une dernière fois le nom de sa mère ou quelque blasphème dans son charabia. Ces maudits Japonais poussent des piaillements de singes effrayés avant que de mourir. C'est du plus haut comique. On voit que, malgré les progrès techniques, il faut en revenir toujours aux méthodes anciennes. Et l'on n'a pas fini de faire appel à l'initiative de l'individu.

J'avais un mauvais goût dans la bouche, un goût de sang. Ou bien avais-je trop fumé?

Après ce documentaire, nous eûmes Arletty en chemise transparente. Bravo! Le texte était gaulois, authentiquement français, dans un style direct, nullement allusif. On y parlait incessamment de sucer quelque chose, ce qui fait toujours rire. Le dénouement était parfait : Arletty lève enfin sa chemise et montre son derrière à un monsieur. Grosse hilarité dans l'assemblée. Il s'agissait d'extraire le dard d'une guêpe qui s'était planté là. Ce M. Feydeau, l'auteur, a bien de l'esprit. La pièce s'intitulait : *Mais n'te promène donc pas toute nue.*

A mes côtés, se tenaient deux fillettes sages, pâles, blondes, avec leurs deux mamans. A l'entr'acte, elles avaient des figures sérieuses de petits juges. Leurs mères bavardaient en fumant une cigarette.

Et ce fut le grand drame, d'après une nouvelle d'un certain Edgar Allan Poe. Stroheim quel bon acteur C'était un film d'épouvante. Nous fûmes les témoins d'une opération chirurgicale très instructive, ensuite Stroheim se rendit de nuit dans une morgue où il tripota quelques cadavres. Là-dessus, un personnage fut enterré tout vivant (belle scène), on vit encore le même personnage se lever de sa tombe pour accuser Stroheim qui se tue d'une balle dans la tête. Fin.

Nous nous précipitâmes sauvagement vers les portes, comme si nous fussions pressés de rentrer à la maison. Le visage des deux petites filles était sans expression. Elles me parurent plus pâlottes encore, comme fanées. Elles auraient dû être au lit. Et tous les autres gosses du quartier qui se trouvaient ce soir-là à l'*Océanic.*

On voudrait les voir près d'une mer véritable d'eau et de sel, dans le vent du large plutôt que dans un local enfumé parmi les grandes personnes. On aimerait qu'ils eussent de meilleurs amusements. Ils y gagneraient au moins de plus beaux souvenirs. Les petites filles ont tout le temps devant elles : les nuits de panique viendront. Les petits garçons en verront plus tard des femmes nues, ou en chemise, et des derrières à tire-larigot, on le leur souhaite. Des cadavres aussi, beaucoup trop, on le redoute.

Mais, par ici, les parents n'ont pas le temps de s'occuper comme il faudrait de l'éducation des enfants ni de leur santé. De leurs petits cerveaux ni de leurs petits poumons.

Et l'on part à regret, avec des mines de drogués, ou de coupables comme si chacun de nous se tenait pour complice de tous les crimes qui se commettent à l'écran. Je suis bien sûr que si l'on fouillait à la sortie, on découvrirait des morceaux de femme dans la poche de plus d'un spectateur. Provision pour les nuits de la semaine, ou pour la grasse matinée du dimanche. La même vedette dont nous écorchons le nom américain, pour cent mille soupirants. Le programme change tous les mercredis.

Le jeudi après-midi, il y a un public spécial composé surtout de gosses en congé. Ce jeudi-là, on jouait *les Mains qui tuent*. Il avait fallu faire la queue et se battre un peu dans la foule, on en a l'habitude. J'avais pour voisin un garçon de treize à quatorze ans, peut-être plus... Il était petit et chétif, il avait les yeux cernés, ses ongles étaient noirs, définitivement, il émanait des relents de graisse de machine : c'était un apprenti. Pourquoi n'était-il pas à l'atelier? Il discutait avec un copain assis devant lui sur les qualités du film que nous allions voir.

« C'est pinoche! », dit-il avec chaleur.

Pinoche? Un mot nouveau chez les garçons qui doit signifier à peu près : merveilleux.

Car le cinéma leur tient lieu de contes de fées, de livres d'images, de guignol, de romans de voyages, tout ensemble.

A l'entr'acte, les enfants entourèrent la marchande de tranches napolitaines, en levant le doigt et en criant poliment : « Madame! Madame! » La tranche napolitaine est une glace vanille et framboise à douze francs la pièce. On ne saurait dire ce qu'elles contiennent ni en quoi elles consistent vraiment. Elles n'ont aucun goût connu ; on croirait manger un coton fondant sur langue. Il convient de prendre garde à la framboise qui tache les vêtements indélébilement.

Au début des *Mains qui tuent*, nous fûmes dérangés par un petit type qui, dans le noir, s'était glissé aux places à quarante francs. Mais les ouvreuses veillaient. Le gamin prétendit avoir égaré son billet et refusa effrontément de regagner son rang. En dernier ressort, il fallut faire appel au contrôleur, un solide gaillard. Il y eut des injures, une bousculade. Les grandes personnes s'en mêlèrent : « La police! La police! » Inutilité, le contrôleur qui sait comment s'y prendre avec les fortes têtes, avait déjà expulsé le perturbateur. Dommage pour lui qu'il n'ait pas vu *les Mains qui tuent*, un film pinoche, véritablement.

Il s'agit d'un étrangleur... Le jeune garçon ouvrait ses yeux et se rongeait activement les ongles... quand il serait grand, il pourrait devenir un gangster élégant et bien découplé, il gagnerait beaucoup d'argent, en étranglant, il porterait son feutre en arrière, il aurait une femme à lui, aussi chic, aussi voluptueuse que celle qui ondulait lascivement sur l'écran en courte robe de satin... tandis que dans la vie courante, il ne grandirait certainement plus, sa croissance était arrêtée, il restait un grouillot que les contremaîtres malmènent quelque peu.

Et le problème qui se poserait bientôt serait de tâcher de rassembler rapidement quarante-deux francs (trente le fauteuil, douze la tranche) pour aller le soir même au *Saint-Pierre Palace* où l'on affichait *Jack l'éventreur*, un autre film pinoche, à coup sûr, à en juger d'après le titre seul.

XXXII

Ce sont là quelques-unes de mes distractions du moment que je partage avec tout le monde.

D'ailleurs, je n'ai que deux pas à faire pour me prendre de nouveau les pieds dans mon passé. Au bout de ma rue, il y a une bascule pèse-personnes à tickets — un « pezon » — devant la boutique d'un pharmacien, dans un renfoncement. Cette bascule a cette particularité que deux ampoules électriques, l'une jaune, l'autre rouge, clignotent nuit et jour. Il y a quinze ans, ou plus, que cela dure. A distance, on peut la prendre pour une borne de signalisation.

Je la connais bien. C'est contre cette bascule pèse-personnes à tickets que Rose, une nuit que je la reconduisais chez elle, me dit qu'elle m'aimait, ou plutôt que je le compris. En vérité, elle me dit tout autre chose. J'en eus une forte commotion, ce que l'on appelle peut-être le coup de foudre. Oui, il me sembla que j'étais foudroyé sur place.

On ne peut penser que le pharmacien fasse la dépense de cette illumination perpétuelle pour commémorer une rencontre, aussi marquante fût-elle. Il me paraît plutôt qu'il cherche à attirer l'attention des gens. C'est une excellente trouvaille commerciale.

Eh bien, maintenant, je vais, je viens, je passe devant la bascule, devant les petites lampes. Je fais mes courses. La foudre n'a laissé aucune trace visible. L'appareil fonctionne, moi aussi. Il m'arrive d'entrer chez le pharmacien pour y acheter un tube d'aspirine, ou un sirop contre la toux. Une certaine fois, je le priai de me donner un paquet de serviettes de papier; il me demanda combien j'en voulais : une, deux douzaines? Je dis : une. Il me remit un paquet de serviettes hygiéniques enveloppées de cellophane dont je ne sus jamais que faire.

C'est là aussi que je me pèse assez régulièrement. Il y a quinze ans, j'étais maigre, trop maigre. A présent, je prends de la mauvaise graisse : c'est vraisemblablement ma façon de vieillir. Je redeviens le « gros père » de la clinique Tarnier.

Il faut introduire lentement deux pièces d'un franc en aluminium. Le prix de la pesée a augmenté. En outre, on n'imaginait pas qu'il y eût un jour des pièces de monnaie en aluminium, il y a quinze ans.

Les souvenirs sont comme des lianes; il faut se méfier de ne pas trébucher à chaque foulée.

A cette époque, je résidais déjà dans les parages. Je suis un vieil habitant du XIVe arrondissement. Je logeais dans un immeuble inachevé de l'impasse du Rouet, une maison d'artistes. Partout des échelles. On butait contre des sacs, des plâtras, des planches. La rampe d'escalier n'avait pas de main-courante. On eût cru un chantier abandonné. C'était inconfortable.

Le seul avantage était que l'on payait son loyer au mois, ce qui facilitait les opérations de trésorerie.

Mais cependant, la plupart des locataires, tirant parti de la réputation attachée à leur état, ne réglaient même pas les échéances mensuelles, d'où une suite de conflits avec la propriétaire, une chiffonnière enrichie de la Zone.

La concierge de cette bâtisse délabrée avant sa terminaison était mariée avec un Indochinois duquel elle avait eu deux enfants d'un type physique hybride.

Il faisait froid autant qu'aujourd'hui. C'était l'hiver. J'achetais chez le charbonnier d'en face de petits sacs de boulets à deux francs. Ma chambre avait des similitudes avec celle que j'occupe actuellement ; elle avait l'aspect d'une cellule monacale. Je commençais aussi à ressembler à moi-même bien que j'eusse quinze ans de moins sur le cœur. Je portais un pardessus noir étriqué que l'on m'avait donné, du genre lévite.

Vers le soir, les murs s'éclairaient d'une lumière qui provenait d'une enseigne au néon : *Noces et Banquets* d'un restaurant contigu. Une clarté diffuse, orangée, quelque peu infernale déjà, qui teintait mes songes d'alors en cauchemars.

J'en vis passer des noces, impasse du Rouet, plusieurs ensemble, de diverses catégories, à prix fixe, à la chaîne : commerçants, commis épiciers de l'avenue d'Orléans, pompiers en grande tenue, et leurs mariées de soie blanche. Toutes les filles de l'arrondissement ont dansé là une dernière fois avant que de se transformer en dames.

Ma voisine de gauche, une Irlandaise à qui je trouvais des allures luxurieuses, m'affolait un peu. Nous dormions presque côte à côte, j'entendais sa respiration. C'est le défaut, ou l'attrait, des constructions modernes.

Mes voisins de droite étaient vaguement Américains

du Sud, mais très différents de ce que l'on se représente généralement: c'étaient des Américains pauvres qui émargeaient aux caisses de chômage. En réalité, ils n'avaient pas de nationalité du tout. Le père qui devait être français d'origine n'accordait aucune importance aux formalités officielles. Il s'était contenté de faire des enfants : trois filles et un garçon. Il avait plus d'un trait commun avec mon père.

La femme était indienne. Ils vivaient à six dans une pièce à trois lits, plus un chat.

Le chef de famille se chargeait de l'éducation de ses enfants, d'une manière peu commune. Il leur enseignait quatre langues à la fois; lui-même n'en connaissait aucune à fond, sauf le français... si l'on veut. En plus, il leur faisait apprendre par cœur le tome I du dictionnaire La Châtre où de nombreuses pages manquaient. Il leur donnait aussi des rudiments de peinture à l'aquarelle.

Parfois, j'étais invité à prendre part à une petite soirée artistique : on interprétait *Phèdre* ou *Britannicus* dans une langue qui était peut-être le français, après tout. D'autres soirs, mon voisin se livrait sur la personne de son épouse muette à des passes surnaturelles avec sa côtelette magnétique.

Les filles se firent enlever l'une après l'autre par des artistes de la maison. Et cette famille se disloqua, sans que l'on ait pu juger de la valeur des méthodes pédagogiques et culturelles de mon ami. Ils venaient de Managua, au Nicaragua, où ils avaient prospéré quelque temps en fabriquant des berlingots de Paris dont les Nicaraguayens s'étaient toqués, éphémèrement.

J'étais le seul locataire français, et aussi le seul qui payât ponctuellement son terme. La chiffonnière m'estimait pour ces deux raisons.

Rose venait me réveiller le matin. Elle se couchait pour un instant contre moi. Il ne se passait rien. Comme je l'ai déjà dit, c'était un amour cérébral et sans danger. Elle partait ensuite au travail. Moi, je me rendormais. J'étais chômeur comme les Américains d'à côté.

XXXIII

Le dimanche n'est pas un jour pareil aux autres. On s'en aperçoit en ouvrant les yeux à l'heure habituelle, bien que le réveille-matin n'ait pas sonné ; c'est devenu machinal, impossible de dormir plus longtemps. On se force pourtant à rester au lit. Durant toute la journée, il faudra se reposer, ne pas se dépêcher, contrôler ses gestes : rien à visser, rien à limer, rien à additionner ni à soustraire... On n'est point entraîné à cette liberté et l'on éprouve une sorte de malaise, on se sent tout drôle. En somme, c'est comme si l'on rêvait. La réalité recommence le lendemain, sans faute.

Une journée de délassement, c'est dur quand on a pris la manie de l'activité. On ne sait pas ne rien faire. Et l'on flotte dans des vêtements trop propres qu'il ne faut pas salir, propre soi-même de la tête aux pieds, mais légèrement inquiet, car l'on sait bien que l'oisiveté est la mère de tous les vices, on nous a inculqué cela à l'école. Il vaut mieux avouer que l'on s'ennuie un peu, le dimanche.

Une de nos distractions, au premier soleil, est d'aller au marché aux puces, non pas pour rien acheter, mais pour regarder seulement. On pourrait croire que nous sommes attirés par la saleté, les débris, le rebut. Une fois là, on est plus content ; on croise des visages connus de personnes autant que vous indolentes. Il existe ainsi un lieu de rencontre dans chaque quartier. Par exemple, il y a des gens qui se retrouvent tous les dimanches avenue du Bois, après la messe de Saint-Honoré d'Eylau, pour papoter.

Je ne parle pas du grand marché aux puces, non, mais de celui de la Porte de Vanves. Inutile d'aller à l'autre bout de Paris, alors que nous avons le nôtre dans le voisinage. Moins étendu, moins riche, moins achalandé, c'est exact ; en une heure vous en faites le tour, ce n'est qu'un marché aux puces réduit, certes, mais bien intéressant tout de même.

Avant, à la même place, il y avait la Zone qui exhalait des senteurs d'ordure et de fleurs au printemps. Il n'en reste rien qu'un paysage de ville anéantie. C'est vide et plat. De loin en loin, un tas de pavés. Les rues sont tracées seulement. Deux rangées de platanes ébranchés et tronqués qui ont l'air de madriers plutôt que d'arbres, quelques touffes d'herbe pâle dans le mâchefer, il n'en faut pas plus pour nous faire divaguer, nous nous persuadons que la campagne n'est pas éloignée.

Des frites et du cervelas ! Le soleil d'avril se reflétait dans une armoire à glace en plein vent, ce qui nous faisait deux soleils du même coup : double profit. Une atmosphère de fête vous montait à la tête.

Une heure entière de flânerie, sans horaire, sans contremaître, à manipuler de vieux boulons, des appareils disparates, des clous tordus, des vis faussées, tout un outillage inutilisable, dans des effluves d'huile de graissage et de ferraille rouillée qui rappellent encore l'atelier. On fouine, on trifouille parmi les verres ébréchés, les assiettes à fleurs, les bottines du modèle boulevardier (mon père en a porté), les chaussures montantes pour dames à talons Louis XV (ma mère en a eu de semblables). Je remarquai une ravissante paire en daim blanc, qui avait été possédée par une de ces demi-mondaines qui venaient au garage, peut-être... Et c'est comme cela que le temps passe.

Beaucoup de vestes et de pantalons de l'armée américaine. Ainsi s'achèvent les épopées. Un homme marchandait un aigle de bronze doré ; une femme cherchait partout une tirelire. L'aigle devait coûter trop cher car l'homme le déposa par terre, à regret, mais il avait eu le contentement de le caresser longuement. Que peut-on faire d'un aigle doré ? Un peintre exposait ses tableaux ; entre autres une étonnante partie de billard jouée par deux messieurs et une dame, nus tous trois, pour la commodité, sans doute.

« Allez-y doucement, me dit le peintre, y'a des gravures de valeur là-dedans. »

Puis il ajouta sur un ton plaisant :

« Il faut traiter ça comme une jeune mariée. »

On était entre bons garçons. J'avais grande envie de m'offrir un cornet de frites à quinze francs, ou d'entrer dans un café. L'un s'appelle : *En passant*, l'autre : *Au timbre......*, à la place du mot, il y a une semeuse sur fond ligné ; c'est un rébus. Près de mon domicile, j'ai déchiffré dernièrement une enseigne du même genre : 0 20 100 0.

Enfin, pour ne pas rentrer les mains vides, je fis l'acquisition, pour dix francs, de trois blocs de papier à cigarettes gommé ; je ne suis pas certain d'avoir réalisé une bonne affaire.

Et tout cela me rappelait Bouquet, un camarade du

camp de la Forêt où l'on nous tenait prisonniers, en juin 1940. Là, il nous a raconté souvent qu'il vendait des chaussons aux pommes, le dimanche, au marché aux puces (le grand), et que, pour charmer la clientèle, il se mettait une couronne de carton doré sur la tête, et qu'il répétait :

« Je suis le roi des chaussons aux pommes! Pures pommes! »

Qu'est-il devenu? Le prix des chaussons aux pommes a changé. Tout a changé depuis 1940. Il n'y a même plus de chaussons du tout. Est-il rentré d'Allemagne? Je sais qu'il exerçait son commerce entre la Porte de Clignancourt et la Porte de Saint-Ouen. N'empêche que je n'aurais pas été surpris de le revoir ce dimanche-là, Bouquet, coiffé de sa couronne de carton.

XXXIV

De loin, on eût pu croire que nous nous livrions à quelque danse triste, alors que nous faisions simplement la queue pour des tomates. Nous étions là une bonne centaine à piétiner sur le macadam, les uns derrière les autres et sans avancer vraiment. Notre queue s'enroulait deux fois sur elle-même et il était malaisé à l'arrivant d'en trouver le bout.

Je me tenais entre une petite dame d'une quarantaine toute frisottée et un jeune Arabe au visage balafré.

Voilà plus de cinq ans qu'on attend, par toutes les saisons, nous en avons pris l'usage maintenant. Il a été créé d'innombrables bureaux où, sous des prétextes divers, nous nous retrouvons en groupe à jours fixes. Aussi bien, nous faisons la queue pour le lait, ou pour obtenir une salade ou pour de la glace à rafraîchir, ou bien le samedi devant l'établissement de bains, ou à la porte des cinémas. Nous sommes tout à fait aguerris.

La dame qui me précédait paraissait très montée contre le ministre du ravitaillement. Elle souhaitait qu'il vînt quelquefois parmi nous, pour se rendre compte un peu. Très montée aussi contre les « priorités ». Les « priorités » sont, on le sait, des jeunes femmes à gros ventres ou traînant de petits gosses par la main. Chaque fois que ma voisine apercevait une de ces femmes timides et blèmes et montrant ostensiblement sa carte, elle ne pouvait s'empêcher de faire quelque réflexion désobligeante.

A côté, il y avait un étal de volaille en vente libre. Du lapin, du poulet. La vendeuse criait : « Sans la tête ni les pattes! » Malgré ses manières engageantes, les acheteurs ne se présentaient pas. Nous voulions des tomates. Il nous était revenu que, peu avant, des boutiques avaient été mises à sac par des ménagères. Cela s'était passé à Belleville, ou à Ménilmontant. Ici, aux alentours de l'église Saint-Pierre, rien de semblable ne s'est encore produit. Peut-être sommes-nous d'un naturel plus craintif qu'ailleurs. Sa volaille tirait sur le verdâtre et sentait très fort. De grosses mouches festoyaient là-dessus.

On entendait la petite musique d'un manège de chevaux de bois de l'avenue du Maine.

Tout à coup, il y eut un grand mouvement dans notre foule. La queue se divisa en deux tronçons. Je compris trop tard que le mari de la marchande s'était mis à son tour à la vente des tomates. J'allais gagner quelques places sans bouger. Dans la course qui se déroula, l'Arabe tâcha de distancer la dame. « Vous ne passerez pas, sale bicot! » lui dit-elle avec énergie.

J'ignore ce que l'homme répondit; je vis seulement que la dame le gifla.

Des gens s'interposèrent tout de suite. Il y eut chez nous un élan d'intérêt et, pendant quelque temps, nous ne pensâmes plus à nos tomates. La dame était en fureur, cela se voyait à son cou qui enflait spasmodiquement. Elle voulait appeler la police. L'Arabe avait pâli à sa façon. En général, nous penchions pour lui. Alors intervint un grand nègre qui portait à son revers de multiples décorations. Il déclara :

« Et vous serez étonnés quand vous perdrez vos colonies... »

Sur l'entrefaite, mon tour arrivait. Je demandai deux kilos à quatorze cinquante. Il n'y en avait pas d'autres. Elles étaient très mûres et même un peu pourries...

« Ça fait trente francs », me dit la marchande, en les mettant dans un journal.

On fait des comptes ronds.

Je pus ensuite me joindre à l'attroupement où l'on discutait avec passion de l'incident, bien que les protagonistes fussent déjà partis. Tout le monde semblait vivement contrarié. On voyait l'Union française se défaire : le Maroc, l'Indochine, Madagascar... une si belle union que Francis Garnier, Lyautey avaient constituée à grand'peine. Du sable et du soleil. Il me montait à la mémoire des fragments de chansons d'une époque plus glorieuse : « *...Timélou, lamélou, pan, pan, laméla... Timéla mélou, cocodou, labaya... C'est la bous-bous-mé de Mascara... A la Martinique, Martinique, Martinique, c'est ça qu'est chic... Il s'app'lait Boudou Badabou... Il jouait d'la flûte en acajou... Ma Chi-chi, ma Chinoi-oise, viens jusqu'à Pontoi-oise, car les Français, oui mon bébé, ils ont de p'tits talents cachés...* »

Et tout cela risquait de nous échapper par la faute d'une personne acariâtre qui avait souffleté un Arabe sur le marché Boulard. On s'exagérait certainement la portée de la querelle. Dans les annales de la colonisation française, on n'en finirait point de dénombrer les coups donnés et reçus, depuis qu'un dey d'Alger frappa de son chasse-mouches — ou de son éventail — la joue d'un de nos consuls, M. Deval, que je revois très nettement en habit brodé d'apparat et en bas de soie sur une des pages de l'almanach Hachette que ma mère se procurait tous les ans et dans quoi j'élargis notablement mes capacités.

Je ne pus m'attarder davantage car mes tomates coulaient et le papier commençait à se déchirer; je ne savais comment les retenir.

Finalement, nous nous séparâmes en spéculant diversement sur tout cela. Dans nos quartiers, nous sommes constamment assaillis par les soucis quotidiens : il faut manger tous les jours, deux fois par jour. Mais cependant, les importantes questions de l'heure ne nous trouvent pas indifférents.

XXXV

Il est venu subitement une grande douceur dans l'air. Nous sortons d'un long hivernage. Et nous allons reprendre le chemin du petit square de la mairie. Il y fait bon déjà. Les bourgeons ont poussé d'un coup, ç'a été une éruption verte. Puis après viendront les feuilles, les marronniers feront leurs fleurs.

A la toute belle saison, rien n'est plus agréable que de s'installer là sur un banc. On s'y rend sans faire de toilette ; les personnes âgées gardent même leurs chaussons ; on prend ses aises, enfin, on tombe la veste. Les femmes ont mis leurs robes légères, leurs souliers blancs, elles montrent leurs jambes, elles tricotent ou reprisent des chaussettes. Les enfants jouent au ras du sol. On se délasse, on se prélasse, on s'embête. L'existence serait passable. C'est notre oasis. Oh, rien de luxuriant ! Non, quelques mètres carrés de gazon, deux douzaines d'arbres poussiéreux. Mais c'est appréciable d'avoir ainsi la nature à sa porte.

Les heures, les demies et les quarts sonnent à l'horloge de la mairie, et, de suite, avec quelque retard, à celle de l'église. Entre l'église et la mairie, on se croit loin du monde, dans un village, on ne songe plus à ses tracas, on respire le bon air. Sur l'avenue du Maine, les camions roulent et les moteurs font le ronron de la mer presque étale. Nous prenons, à notre insu, des manières nonchalantes d'estivants.

Oui, le printemps est arrivé. Au marché, le mardi et le vendredi, une vieille femme vend des jonquilles à douze francs la botte, un œuf se paie neuf francs cinquante. Comme si nous allions vers les prix doux. Ce n'est peut-être, hélas! qu'une baisse saisonnière. Il y a des articles qui sont encore très chers. Ainsi, j'ai entendu dire par un gamin du square que son revolver — à six coups — valait cent trente-six francs. On pourra justement objecter qu'un revolver à six coups, c'est du luxe. Moi-même, je n'ai jamais possédé de revolver à six coups, ni de revolver d'aucune sorte, malheureusement. Je n'ai eu qu'un fusil à amorces orné d'une tête de Peau-Rouge, et une baïonnette de sergent de ville. A l'âge d'homme, j'ai eu des armes, mais je les ai rendues à l'ennemi, à la première sommation.

Les garçons et les filles ont mauvaise mine. Il y a un teint propre aux enfants de nos arrondissements, très spécial, indéfinissable, de même qu'il existe un chic de la rue de la Paix.

Le square est agrémenté d'une remarquable statue de pierre devant laquelle les passants s'arrêtent pour déchiffrer l'épigraphe :

A MICHEL SERVET
brûlé vif
MDLIII

Il est couvert de chaînes, accoutré seulement de haillons, il porte fièrement un long bouc, ce qui donne à son visage une expression assez machiavélique. Peu importe, nous l'admirons. C'est notre grand homme, une espèce de saint laïque, une victime de l'intolérance. Il demeure tel un exemple de grandeur pétrifiée pour nous tous.

Les gens s'apitoient et ils s'indignent aussi que des hommes aient pu brûler vifs d'autres hommes. Mais cela se passait il y a bien longtemps, en MDLIII... Pourtant, récemment, on en a brûlé par millions, et ceux-là n'auront même pas une statue dans un square. Il est vrai que ce n'étaient que des Juifs pour la plupart.

Mieux vaudrait parler du printemps, des jonquilles et de l'avenir immédiat. Oh, nous allons avoir des après-midi merveilleuses dans notre square, cet été.

Je me demande pourtant si la statue du pompier et de la dame du square de Grenelle n'était pas un peu plus belle.

XXXVI

Nous ne manquons jamais d'aller voir le Lion de Belfort le jour de sa fête ; nous l'aimons bien.

La loterie des avions connaît un certain succès : les aéroplanes tournent, vous appuyez sur un bouton, des lampes s'allument, des bombes tombent sur des numéros... Les dames paraissent s'enticher de ce jeu inédit. Autre nouveauté : « Lolita ou les tortures indiennes » et « Katia, la jeune femme qui par sa force de caractère a réussi à supporter les tortures les plus grandes ». Les curieux sont assez nombreux. A vrai dire, on a connu mieux que les tortures indiennes, il n'y a pas longtemps. Les tortures européennes valent bien les tortures indiennes.

Je me glissai dans la foule et dans les fumets et les couleurs de la pâte de guimauve, des frites, du nougat de Montélimar, dans le vacarme des tirs, des autos électriques, du « Recordman » (« ici les meilleures sensations »)... J'avais un peu de poussière de soleil dans les yeux.

J'ai du goût pour la foule et je la crains tout autant ; j'éprouve la même attirance et la même aversion pour l'eau, la même impression lorsque je m'avance dans la mer...

Grosse affluence à la roulotte du professeur Max et de Mme Rachel qui prédisent l'avenir de concert. C'est un point qui nous inquiète ces derniers temps. Nous ne nous demandons plus si nous avons un bel avenir devant nous, mais seulement si nous allons en avoir un, quel qu'il soit. On ne peut pas vivre sans avenir.

Peu de monde autour du « thermomètre de l'amour », non plus qu'à un jeu de massacre où l'on peut taper sur Gœbbels, Gœring, Mussolini, Hitler. Ils sont morts. Chacun d'eux a son surnom, Hitler s'appelle « Cœur de Pavé ». On n'a même plus le goût de la vengeance.

Plus loin, un stand de tir à la mitrailleuse (vingt-cinq francs les vingt balles). Pendant la guerre, j'ai tiré à la mitrailleuse gratuitement, et plus que je ne le désirais. A un franc la balle, c'est encore trop cher pour ma bourse ; j'attendrai qu'elles soient de nouveau pour rien ; je ne suis pas pressé.

Et des baraques aux pancartes énigmatiques : « Le Roi s'amuse ». On voit des peintures représentant un monarque asiatique aux traits altérés par la paillardise, entouré d'immenses femmes dévoilées. L'accès est défendu aux moins de dix-huit ans. Une autre s'intitule : « Pour les vices de l'homme c'est la femme qui expie ». Au-dessus d'une porte, une inscription : « La débauche de la grande ville » ; une seconde porte mène aux « Passions humaines ». Un placard indique : « Pour les dames sans réclamation ». Cela est bien insolite. Il est, en outre, précisé que tout est naturel, sans glaces ni photos ni jumelles. J'aurais dû aller voir de plus près les passions humaines, sans jumelles.

Tout au bout du champ de foire, ou presque, entre la baraque des *Folies Cubaines* et celle des *Sirènes de*

Paris (spécialité de danse du ventre), j'eus la joie de retrouver le professeur Jackson et sa *Grande Ménagerie Africaine*. Le professeur se tenait en personne sur l'estrade. Il n'a pas vieilli. Même casque colonial un peu crasseux, même ceinture de trappeur garnie de cartouches, même fouet en main, même voix conquérante et méridionale, même teint d'asthmatique. La moustache est peut-être plus blanche.

Ce fut une bonne surprise de le rencontrer là, boulevard Saint-Jacques. La dernière fois que je l'avais vu, c'était à Tarbes, en zone libre ainsi que l'on disait en 1942. Le professeur avait monté sa tente en bordure des allées du Maréchal-Pétain (ex-allées Jean-Jaurès). En ce temps, les places et les avenues étaient vouées les unes après les autres au vainqueur de Verdun. Mais comment s'appellent-elles aujourd'hui, les allées?

Mon travail terminé, j'allais voir le professeur Jackson tous les soirs. C'était une longue suite de soirs, et de jours, d'ennui, d'exil, d'anxiété. J'exerçais la profession de statisticien dans une usine de céramique électro-technique à la complète satisfaction de mes supérieurs, mais pas à la mienne. C'était un métier assez baroque. Mais il fallait patienter. J'ai de la gratitude pour le professeur Jackson et pour l'ensemble de sa troupe. En l'écoutant, en le regardant, j'oubliais un peu où nous en étions; il faisait bon sur les allées. C'était l'été.

De Tarbes à Denfert-Rochereau... Il manque plusieurs bêtes. Le python rose de l'Inde n'est plus là, que le dompteur Dickson nous promettait de faire siffler en le réchauffant de sa chaleur humaine. Je ne l'entendis jamais siffler, mais qu'importe. Il ne reste plus qu'une seule hyène barrée d'Abyssinie; à Tarbes il y avait trois de ces animaux qui déterrent les cadavres, comme nous l'expliquait le professeur. En revanche, la *Grande Ménagerie Africaine* s'est enrichie d'un petit sanglier que le dompteur Dickson baptise « pécari ». Le dompteur Dickson a toujours belle prestance avec sa chemise de soie rouge, ses bottes souples et ses deux revolvers à crosse de nacre blanche.

Roméo est là, Sultan aussi. Je pus entrevoir le dessus de sa crinière. En 1942, le professeur annonçait leur âge : cinq et trois ans respectivement. A Paris, il n'en fait plus mention. Les lions vieillissent tout comme les gens. Roméo et Sultan ont été capturés par le professeur Jackson, « par votre serviteur », dit-il élégamment.

Son boniment non plus n'a pas sensiblement varié. Il déclare que Sultan est l'auteur de quatre accidents, dont un mortel, sans plus de précision. Autrefois, Sultan n'était accusé que d'avoir blessé Dickson, un mois auparavant, d'un coup de mâchoire à la foire de Montauban. Dickson confirmait qu'il venait de sortir de l'hôpital.

Le professeur parle encore de ce qui le distingue des autres professeurs : le travail en férocité et non pas en douceur. Il ajouta que les lions n'avaient pas mangé depuis trois jours. Je me rappelle qu'un dimanche matin que je passais par les allées, j'assistai au repas des fauves. Dickson, en petite tenue, tendait à bout de pique des morceaux de triperie immonde aux bêtes qui s'en écartaient avec dégoût. Il est compréhensible qu'ils essayent parfois de manger un bout de Dickson.

Le professeur poursuivait

« Il faut avoir du courage et du sang-froid dans les veines, Mesdames et Messieurs. Une demi-heure de spectacle, pas de banalité. Nous avons des places sans danger à cinq francs (cinq francs! soulignait le dompteur Dickson), trois francs les populaires (trois francs! faisait Dickson en écho), les militaires et les enfants : deux francs (deux francs!). Trois francs, le prix d'un tour de chevaux de bois (son ton devenait sarcastique), il ne faut pas avoir trois francs dans sa poche ou être ennemi de sa connaissance. »

Je n'ai jamais été ennemi de ma connaissance : j'entrais et je prenais un billet à cinq francs, aux places sans danger. D'ailleurs, ma position de statisticien m'empêchait de me commettre avec les populaires. Et l'on assistait, en effet, à un spectacle nullement banal dont le clou était Miss Liliane que je n'ai pas encore citée. Miss Liliane provoquait l'admiration dans ses danses serpentines au milieu des deux lions ; les danses de la Loïe Fuller sous les feux un peu fantastiques d'un petit projecteur qui faisait étinceler superbement les mille paillettes bleues de sa robe. Les deux grands félins fatigués prenaient des attitudes de descentes de lit pour suivre rêveusement les évolutions de Miss Liliane et il fallait que, vers la fin, le professeur Jackson lui-même vînt leur piquer légèrement les fesses au moyen d'une espèce de trident pour qu'ils consentissent à saluer le public d'un faible rugissement qui clôturait le programme d'une façon fort émouvante.

En 1942, Miss Liliane était volumineusement enceinte (du dompteur Dickson?). Elle ne l'est plus ; elle porte toujours son éblouissante robe à paillettes. Je la trouvai moins fascinante. Il est vrai que je ne la vis pas dans la grande cage parmi les lions et sous le projecteur.

Derrière la baraque, les métros se succédaient dans les deux sens... Le métro, la graisse à frites, Paris, et

Miss Liliane... A Tarbes, je n'aurais point parié gros que je reverrais cela un jour.

La foule se pressait.

Mais pourquoi le professeur avait-il fixé un écriteau au fronton de son établissement lorsqu'il campait sur les allées du Maréchal-Pétain; un écriteau ainsi libellé :

MÉNAGERIE 100 % FRANÇAISE

J'eus, cette après-midi là, une autre joie, plus vive. A côté de la *Grande Ménagerie Africaine*, je découvris la *Ménagerie Pezon*...

La caissière est d'époque. Elle ne pouvait pourtant pas me reconnaître, elle a vu passer tant d'enfants. Je vis là aussi des hyènes mouchetées d'Afrique présentées par le dompteur Victorius. L'une d'elles était très grosse, sur le point, semblait-il, de mettre bas. Elle se coucha tout de suite contre la grille; elle ne voulait rien faire, elle ne voulait pas se faire valoir, ni courir ni sauter. Et Victorius dut renoncer à s'occuper d'elle.

La lumière dessinait sur la toile du chapiteau des branches d'arbres par transparence et quelques feuilles. L'eau de la rigole coulait entre mes pieds. Les clowns Zig et Puce jouaient la marche d'*Aïda*, tandis que les bêtes se reposaient. Les garçons et les filles riaient...

Le professeur Rubis présenta quatre lions. Je regrette qu'il n'ait plus le dolman écarlate à brandebourgs d'or qui allait si bien à M. Pezon. En somme, le même spectacle qu'avant, la même odeur, la même peur, dans la même tente... Comme si le temps avait cessé de grandir, comme si rien ne s'était passé, comme si je n'avais pas grandi non plus... Tout était pezon de nouveau. Je veux dire : simple et agréable.

Sur le chemin du retour, je rencontrai une dernière baraque, un peu à l'écart. Elle était en planches de sapin, en volige dont on fait les cercueils de pauvres. A la porte, se tenait un mannequin de cire vêtu d'un costume de bagnard à rayures. Il avait le teint cadavéreux. A l'intérieur, je vis des photos agrandies de femmes nues, d'enfants maigres, et de corps morts en tas, comme du fumier. J'étais entré par mégarde dans une baraque de propagande de la Fédération des Déportés ; je n'étais plus à la fête. Mais à quoi sert cette baraque de propagande où l'on n'a rien à vendre ?

Cela faisait songer au jeu de massacre, aux tortures indiennes, aux passions humaines, à « Cœur de Pavé », au tir à la mitrailleuse, à une foire qui vient à peine de finir...

Coincé entre un passé qui ressemblerait à une enclume et un avenir qui ressemblerait à un marteau, j'avais pourtant réussi à saisir au passage une bonne petite heure, une heurette simple et agréable ainsi que je l'ai dit, une heurette pezon. Et zon, zon, zon...

XXXVII

Dès le matin, il y eut une certaine animation dans les rues. C'était la première fois que nous allions aux urnes depuis neuf ans. Mais, à peine entrés dans le préau, nous fûmes repris. Tout semblait inchangé depuis 1936, et même depuis le temps plus lointain où nous fréquentions ces écoles, en petits tabliers de satinette noire.

Nous nous sentions libres enfin, et souverains ; nous étions sortis du traintrain qui nous emmène où l'on sait, à petite vitesse.

L'organisation était parfaite. On avait également installé des sections de vote à la mairie, et jusque dans les annexes qui font penser aux baraques Vilgrain de l'autre après-guerre. Nous marquâmes de l'étonnement de ne pas devoir faire la queue.

Nous avions mis les vêtements du dimanche, et nous avions changé de linge de corps, comme toutes les semaines, d'ailleurs.

Je retrouvai l'école communale telle que je l'avais laissée. Elles datent à peu près toutes des années quatre-vingts qui suivirent la débâcle et durant lesquelles on a beaucoup fait pour le développement de l'instruction primaire laïque et obligatoire. Dommage que le matériau employé soit uniformément grisâtre. On a aussi édifié un grand nombre de casernes, de prisons et d'églises vers cette époque. La France moderne se construisait.

Des agrès, un buste assez sale de la République, des dessins d'écoliers, des bouteilles d'encre, des fresques dont une reproduisait le laboureur et ses enfants.

Pour un jour seulement, les hommes et les femmes que nous sommes devenus occupaient ces locaux que les gosses avaient désertés. Un avis notifiait que les lieux seraient désinfectés le lendemain. Il est bon de s'efforcer de protéger la santé des enfants contre les maladies dont nous sommes atteints. Bien qu'ils aient déjà (en dépit des désinfections) la plus grave de toutes : cette longue maladie qui nous mine. Ils n'en guériront jamais car elle est incurable, absolument. Notre plus dangereuse maladie, au total, c'est la vie qui ne fait que changer de nom : la mort.

Sur ces petits bancs, à ces pupitres nous avons appris à lire et à écrire, sinon à penser, à vivre aussi dans une odeur et une teinte ternes qui sont bien celles de l'existence que nous connaissons mieux à présent. Dans ces classes, on nous a parlé souvent de nos futurs devoirs de citoyens tandis que nous songions à d'autres affaires, plus aimables. M. Vialle me battait les mollets avec sa longue baguette. Dans cette cour, nous avons joué de façon pas tout à fait innocente, nous nous sommes battus : la petite guerre avant les grandes. Je me rappelle qu'aux barres le clan adverse me faisait régulièrement prisonnier. C'était ma disposition.

Au centre de ce vaste préau, on nous mettait en retenue sur un rang ; c'est là que j'ai attrapé l'angoisse.

On voudrait que les punitions des écoliers de Paris et d'ailleurs fussent levées une fois pour toutes.

Nous y revenions, avec de la barbe, des soucis et des pantalons, mais tout autant candides, au fond, avec les mêmes espérances, nous y revenions pour décider gravement du destin du pays.

Je ne doute plus que mon maître, M. Hervaux, se trompait lorsqu'il prédisait à ma mère, à la porte de l'école de la rue Saint-Ferdinand, que je serais un grand homme.

Atmosphère gaie, des femmes, des enfants, du muguet, des sourires, des drapeaux... Certaines femmes faisaient ces nouveaux gestes avec sérieux. Une bien jolie électrice, très blonde, tira d'abord soigneusement les rideaux de l'isoloir comme si elle allait s'y dévêtir, et peut-être y prendre une douche. Elle demeura longtemps là-dedans : on ne voyait plus que ses jambes. Puis elle sortit pour demander des renseignements complémentaires aux messieurs du bureau. Après cela, elle retourna se cacher derrière les rideaux.

Dans la cour, je reconnus nos anciens petits cabinets ; nos arbres pour les quatre coins. Je lus sur un mur :

Les jeux violents, dangereux ou malpropres, les querelles et les coups sont absolument défendus.

C'était une espèce de programme auquel j'eusse volontiers souscrit. Mais il était trop tard.

Après-dîner, nous nous amassâmes sur la place de la mairie. Le square, dans l'ombre, prenait des airs de forêt. Aux fenêtres, des haut-parleurs clamaient des résultats partiels d'une voix éraillée et avec un fort accent limousin.

Un beau dimanche, oui.

On vote, on revote... c'est un jeu où l'on perd à tous coups. Il y a eu encore les referendums pour ou contre la Constitution. « Dites oui », nous enjoignaient les uns. « Dites non », nous ordonnaient les autres. « Faites oui-oui », lisions-nous sur les murs. On nous citait l'exemple d'écrivains éminents, de théâtreuses en renom : « Bistouguette dira oui ! » On nous traite un peu comme des sauvages qui ne sachent rien d'autre que ces deux mots brefs. Nous obéissons par routine, mais sans y mettre énormément d'ardeur.

XXXVIII

Avant la guerre — il y a longtemps déjà — l'avenue d'Orléans était un marché permanent où nous trouvions les plus diverses denrées à la portée de notre bourse. Marchandes des quatre-saisons, petites voitures, fruits, légumières, crémières au lait, mottes de beurre, senteurs d'étables, bouchers tachés de sang, commis, camelots, bouffées d'air marin venant des poissonneries.

On ne peut se défendre de regretter nostalgiquement la dernière avant-guerre, après avoir regretté la précédente. On va ainsi d'une avant-guerre à l'autre. Et nous voici de nouveau dans une troisième avant-guerre dont nous ne connaîtrons les grâces qu'après. On est dans l'avant-guerre, sempiternellement.

A *La Havane*, on vendait du riz d'Indochine à soixante-quinze centimes le kilo ; on payait encore en centimes ou en sous, on avait encore l'Indochine sans contredit. Tout à côté, une grande boucherie exposait des tournedos à deux francs soixante-quinze la pièce. La viande, qui tournait au noir, n'était peut-être plus de première fraîcheur, mais que nous importait : on rentrait avec des filets bourrés de provisions. Nous ne nous sommes jamais montrés exigeants sur la qualité ; nous concevons fort bien que les meilleurs morceaux soient pour les beaux quartiers. On avait l'abondance à bas prix, c'était ce qui comptait. Nous jouissions d'un « standard of life » des plus enviables.

Pour quatre francs cinquante, on pouvait obtenir un repas « express » à déguster debout, à l'*Unifix*. Des vendeuses en blouses blanches et bonnets empesés nous tendaient les plats avec des manières intimidante d'infirmières. Il nous était défendu de leur donner le moindre pourboire. On mangeait vite entre des murs ripolinés, sous une violente lumière, dans les émanations indéfinissables de tous les produits exposés là, où dominait peut-être l'odeur de la naphtaline, de l'eau de Javel que j'aime tant, ou du vernis... Sans une musique mécanique perpétuelle, on eût pu se croire dans une salle d'hôpital. N'était-ce pas trop beau, tout cela ?

L'enseigne de ce magasin : *Au Soldat Laboureur* me paraissait inintelligible. Qu'est-ce qu'un soldat-laboureur ? Plus loin, il y avait une autre boutique : *Au Réserviste*, spécialité de vêtements de travail. Ces deux maisons existent encore aujourd'hui, mais on ne sert plus de repas « express » dans l'une ; dans l'autre, on ne trouve plus guère de vêtements de travail.

Soldat-laboureur, réserviste... cela nous rappelait que la paix n'est jamais éternelle. Nous arrivions doucement en septembre 1939. Le soldat dut quitter sa bêche et le réserviste ses « bleus ». A dater de ce mois de septembre, la vie devint pour rien, on la donna vraiment, son coût ne cessa de baisser jusqu'à ne plus rien valoir du tout. Je parle de la vie humaine et non plus des marchandises.

De nos jours, l'avenue semble désolée, nous aussi. C'est par habitude que nous allons encore traîner devant des vitrines vides, en pensant aux sachets de riz, aux petits tournedos.

C'est par cette avenue que l'armée Leclerc fit son entrée dans Paris, à la fin d'un mois d'août. Je n'y étais pas. Mais, deux mois plus tard, je faisais, à mon tour, mon entrée dans la ville, par cette même avenue, sans être autrement remarqué. Je la reconnus tout de suite bien qu'on ne se fût pas vus de cinq ans.

Une vendeuse de journaux se tenait devant la station de métro de la Porte d'Orléans ; je lui demandai de m'indiquer le Lion que j'aurais trouvé sans elle, les yeux fermés. Il me plaisait d'entendre reparler ma langue, le parisien, en débarquant. La femme fut d'une extrême affabilité, comme si elle m'eût compris.

Le général Leclerc est mort, et l'avenue porte désormais son nom.

XXXIX

Nous venons d'avoir trois jours pleins de congé, c'est-à-dire vides. Ce fut un peu notre grande semaine. Trois jours de trêve durant lesquels nous avons laissé de côté nos contrariétés ainsi que les brûlants dilemmes du moment. Si l'on s'écoutait, on ne ferait que s'acharner à résoudre de brûlants dilemmes. Un journal proclamait en manchette : « La République est en danger! » C'était exagéré sans doute. La grève des fonctionnaires aurait-elle lieu, ou non? Nous avions plusieurs motifs d'inquiétude. Malgré cela, nous essayâmes de nous amuser. C'était le Quatorze Juillet.

Dans la matinée, je me baladai sur l'avenue d'Orléans parmi la cohue de l'arrondissement. L'avenue d'Orléans, c'est là où nous nous rencontrons dans les circonstances solennelles.

Peu de drapeaux à nos fenêtres (nous pavoisons intimement).

Des camelots avaient monté leurs baraques. Ils n'occupent que le côté pair de l'avenue seulement. On trouve là quantité de choses qui avaient disparu depuis longtemps. Du nougat, des fleurs, des statuettes de plâtre doré, des pierres à briquet, des briquets, de la mèche, de l'amadou... Étant prisonnier, j'ai longuement désiré de l'amadou, et voilà que l'on peut en obtenir à volonté, un mètre, deux mètres... C'est la paix incontestablement. Des objets utiles dans un ménage : des peignes incassables, des râpes à légumes, des clés universelles, des allume-gaz, etc... Des semelles et des talons de caoutchouc et jusqu'à des pieds de fonte pour faire chez soi les ressemelages, après le travail, le soir. Du linge aussi, des soutien-gorges bourrés à craquer (mais ils sont vendus vides), de faux bijoux, des broches en céramique...

« Oh, c'est mimi », dit une jeune dame à un monsieur qui lui donnait le bras, « j'en voudrais bien une. »

Les marchandes des quatre-saisons offraient des pêches, des prunes, des raisins (déjà). Il venait des terrasses de café un fort arome de pernod. Nous retrouvons nos anciens plaisirs, un à un. Les pâtissiers montraient des gâteaux (sans farine) ornés du coq gaulois en sucre. Un vieux démonstrateur proposait la pierre de Saint-François de Sales qui apaise la douleur, les maux de dents.

Ma grainetière se trouvait à sa place, au pied d'un arbre, le deuxième passé la rue Mouton-Duvernet — c'est son arbre. Je me fournis chez elle en graines pour mes oiseaux ; elle a un bon petit mélange qu'elle mesure dans un quart de soldat. Elle vend aussi du thym, du laurier et de l'ail. Ses articles sont disposés sur un carré de tapis. Il faut crier fort, car elle est sourde.

« Donnez-moi un quart de votre bon petit mélange. »

Elle répond

« Ils aiment ça, les gourmands. »

Avec une grimace avenante.

Ces derniers temps, elle vend des mangeoires,

des nids, des godets : son commerce prend de l'extension. Elle se met à faire du marché noir. J'observe qu'elle dissimule des citrons dans un sac sur le banc qui lui sert d'arrière-boutique.

Pendant les grands froids de l'hiver, elle avait écrit sur une ardoise :

LE PERSIL EST A L'INTÉRIEUR

Ce qui voulait dire : dans le sac.

Patiemment, elle s'est fait une clientèle ; elle a presque pignon sur rue ; c'est déjà un beau résultat d'avoir son arbre et son banc.

Pour le Quatorze Juillet, elle avait arboré un chapeau de paille aux bords rongés.

Un fakir révélait la destinée que l'on a dans le creux de la main, à moins que l'on ne préférât les horoscopes de la femme à l'écureuil (c'est l'animal qui choisit votre sort de la patte), il y avait l'avaleur de sabres, le briseur de chaînes... C'était une grande fête.

La grève du lendemain n'aurait peut-être pas lieu.

Un vieillard qui chantonnait *Sous les ponts de Paris* s'interrompit pour nous haranguer. Il portait un canotier, un costume de velours et des espadrilles. Un de ses pieds était enveloppé dans des chiffons...

« Mes petits, nous dit-il familièrement, ce que vous faites pour moi, vous le faites pour vous. Il n'y a pas d'homme au monde qui a fait autant de bien que moi. J'ai guéri des paralytiques : il n'y a qu'à leur mettre les pieds dans l'eau chaude. Oui, mes petits. »

Il eût dû tenter l'expérience sur lui-même. C'est ce que je pensai. Mais il passa aussitôt à un sujet différent.

« Les Allemands, je les ai repoussés en 1914. En 1940, je n'ai pas pu... »

Et il montra d'une main lasse son gros pied. Il n'eut qu'une seconde de découragement.

« Vive la France, mes petits! s'écria-t-il. Et à votre bon cœur! »

Puis il reprit la chanson dont il ne savait plus que le refrain, tout comme moi qui l'ai pourtant connue d'un bout à l'autre. Il est vrai que nous n'avons pas pu repousser les Allemands en 1940, il est vrai aussi que ce fut à qui aurait les meilleurs pieds dans cette guerre qui tourna à la course de vitesse et que nous perdîmes, en dépit de la *Guilcherline*, ce calmant dont l'éloge n'est plus à faire. Nous aurions dû nous les tremper dans l'eau chaude, peut-être.

Je m'attardai encore auprès du dessinateur qui exécutait la cathédrale d'Amiens sur le trottoir, au moyen de craies de couleur, comme celles dont nous tâchions de dérober des bouts à l'école.

« Ça ne mérite pas une pièce de monnaie? » répétait le type à genoux d'un ton boudeur.

Plus loin, le cracheur de feu nous fit d'abord la lampe à souder — une imitation sensationnelle — puis les trois gerbes de flammes, puis la mitrailleuse, puis, enfin, un coup de canon. Je vis, à un éventaire, des bombes algériennes, à deux francs pièce, garanties inoffensives.

Oui, tout cela était inoffensif, plaisant, mimi, en un mot, ainsi que l'avait dit la jeune dame.

Alors, pour marquer plus fortement cette journée, je fis l'emplette d'un sachet de toffees — encore une douceur d'avant-guerre. Le sachet contenait cinq toffees.

Une fois ce caprice satisfait, je retournai à la maison avec mes toffees qui, en vérité, n'étaient pas excellents.

Dans l'après-midi, nous assistâmes au grand concours de patinage à roulettes qui se déroula tout autour du square de la mairie. La manifestation fut parfaitement réglée ; il y avait un juge, des commissaires ; le starter donnait le départ à coups de revolver. La ligne d'arrivée se trouvait devant la statue de Michel Servet. Il est juste qu'il ait eu aussi sa part de nos joies.

Les championnats suivirent les éliminatoires. Les courses mixtes furent très applaudies. Parfois, un commerçant généreux offrait une prime par la voix du haut-parleur :

« *Les Insouciants* offrent une prime de vingt-cinq francs à consommer au gagnant de l'épreuve... *Les Vrais Insouciants* offrent une prime de cinquante francs... »

Ce qui ne manquait pas de provoquer une vive émulation chez les patineurs. Une dame anonyme donna cinquante francs, en espèces. Je ne tardai point à connaître la plupart des coureurs par leur nom, et même leur sobriquet : un certain Prévert se montra très endurant, et aussi un certain Charlot, un certain Labille... Mais le champion était Christophe que, vers la fin, j'appelai Cricri, comme tout le monde.

Cricri enleva le championnat, au sprint, à un demi-patin du deuxième, c'est dire que la course fut âprement disputée. La coupe de vermeil revint à Cricri.

Quelle après-midi exaltante ! Et tout près de la maison, à domicile, pour ainsi dire.

Le patinage à roulettes
Est un sport vraiment charmant...

Je revoyais les clients du bar Molorgue évoluant en mesure sous la direction envoûtante du professeur Marcel, parmi des acacias...

Le soir venu, on dansa entre gens de connaissance, au carrefour où les tenanciers de *La Meilleure des*

Plantes et des *Vrais Insouciants* avaient conjointement organisé un bal populaire. Nous nous sentions portés au contentement et nous ne croyions pas que la République fût vraiment en danger.

Le pharmacien du coin participait, sans le vouloir, aux illuminations : les petites lampes électriques jaune et rouge de la bascule pèse-personnes s'allumaient et s'éteignaient alternativement.

XL

On aurait grand tort de penser que notre existence n'est qu'une suite d'amusettes variées.

Sous les dehors de la félicité, nous avons aussi nos désagréments, nos afflictions, nos drames. La vie est à boire et à manger.

On meurt dans le quartier, comme partout, de toutes les façons. Cela vient d'arriver à la marchande de journaux. Nous l'apprîmes par un petit billet écrit à la main, collé sur la porte :

FERMÉ POUR CAUSE DE MALADIE

Puis, quelque temps après, nous lûmes un second billet encadré de noir :

FERMÉ POUR CAUSE DE DÉCÈS

C'était une personne âgée. On prétendit qu'elle était morte de sa belle mort. Tant mieux pour elle. Mais qu'est-ce que c'est qu'une belle mort ? La fille a repris le fonds ; les peintres badigeonnent sa façade en mauve, ce sera joli dans l'ensemble de la rue.

Il y a des morts moins naturelles. Hier, quelqu'un s'est suicidé dans l'immeuble attenant au mien. Je connus la nouvelle chez Mme Rossignol, que l'on surnomme la « Reine du marché noir ». Elle trône dans sa caisse vitrée telle une souveraine. Une cliente lui disait sur un ton attristé :

« Elle était jeune, vous avez dû la connaître. »

Je désirais un camembert ou, à défaut, un carré de l'Est. Partout, on me regarde avec méfiance, on me sert négligemment car mes achats ne sont pas assez importants. Lorsque la vendeuse vint à moi, je pris une physionomie sombre de sectateur pour demander mon camembert.

« Avec ticket? me demanda la fille.

— Non, sans », rétorquai-je impudemment et en me tordant les lèvres de manière anormale (je cherchais à cacher mon émotion).

« Ah, non! », dit-elle mollement.

C'est alors que j'eus l'idée de lui communiquer le mot de passe :

« Je viens, lui murmurai-je, de la part de la grande concierge qui achète beaucoup de bière pour nourrices. »

Elle louchait. Je lui fis encore un coup d'œil des plus torves. Tout s'éclaira, et j'obtins sans plus de discussion, mon camembert, bien fait, comme on les préfère, à juste titre.

Chez la charcutière, j'arrivai à temps pour entendre une dame déclarer :

« Noire ou blanche, c'est quand même un être humain. »

Je compris qu'il s'agissait d'une femme de couleur. Nous ne sommes pas racistes.

« Donnez-moi un peu de votre museau de bœuf, ajouta la dame. Il est esseki. »

J'achetai moi aussi du museau de bœuf (cent grammes). Mais je ne sus pas comment la négresse s'était tuée, ni non plus pourquoi.

C'est ainsi que le quartier se dépeuple.

La dame avait entièrement raison : ce museau de bœuf est esseki.

Quelques jours plus tôt, on avait assassiné Mme Avril, l'épicière de la rue de l'Eure, tout à côté. J'aime bien cette petite rue tranquille, une voie privée où les gens conduisent leurs chiens, au crépuscule du soir. L'herbe pousse autour des pavés ; une vigne vierge grimpe le long d'un mur : on ne se croirait plus à Paris, mais en province, dans l'Eure... Des amoureux s'y donnent des rendez-vous qui ne finissent pas. Les maisons sont construites en matériaux de démolition ; elles s'agrémentent de colonnes, de statuettes, de coquilles, de bas-reliefs, et cela fait un style composite, quelque peu théâtral.

J'aimais bien aussi Mme Avril. Non pas que je fusse entré souvent dans sa boutique. C'était une épicière d'exception : elle ne pratiquait pas de marché noir. Chez elle, tout se vendait au grand jour, à des prix de barèmes, contre des tickets. Et c'est pourquoi ses rayons étaient vides. On ne trouvait là que des produits détersifs et des cachous en petites boîtes de carton sur lesquelles sont imprimés des points de domino. Les vieillards et les « économiquement faibles » se fournissaient chez elle, par sympathie. Des enfants aussi, pour les cachous. Mme Avril gagnait peu d'argent, tout juste de quoi végéter, elle et son chat.

L'assassin avait dû se tromper de porte, et de victime.

Des voisins assurèrent avoir entendu les derniers cris de Mme Avril. La police enquêta rapidement, ce qui causa une agitation inhabituelle durant un certain temps. La rue de l'Eure est redevenue calme.

Mme Avril avait une belle conscience d'épicière et il semble que sa pauvre vitrine en soit encore comme rayonnante. Elle venait de se faire arracher treize dents, une semaine auparavant. Peine inutile.

Les journaux relatèrent longuement le crime qui eut lieu dans les environs, presque vis-à-vis de l'*Océanic*, à deux pas du square de la mairie, rue Boulard, au numéro trente. Un homme y étrangla sa fillette parce qu'elle pleurait trop et ensuite son « amie » pour des mobiles qui demeurèrent indéterminés. Peut-être avait-il vu *les Mains qui tuent*, ce film que nous avions jugé pinoche.

Je passe quelquefois devant le petit magasin qui paraît encore ouvert, car personne n'a tiré les contrevents. C'est un magasin clair, coquet, moderne, à l'enseigne d'*Anne-Marie, fleuriste*. A l'intérieur, les murs sont blancs ; un vrai magasin de femme. Pourtant, rien n'est plus désolant que cet étalage abandonné de fleurs sèches qui ressemblent à des plantes d'herbier, sans parfum. Anne-Marie n'est plus là pour les arroser chaque matin. On dirait des bouquets de cimetière. Et même les nœuds de taffetas qui garnissent les pots prennent déjà des tons fanés. Sur une table, il traîne un cahier d'écolier dans quoi elle inscrivait ses menus comptes : les recettes, les dépenses. Un porte-plume, un encrier, des ciseaux, un sécateur, une bobine de fil... ses instruments de travail. Une demi-cigarette, la dernière qu'elle n'a pas fumée jusqu'au bout.

Un facteur a glissé une lettre sous la porte. Voici l'escalier par où s'échappa le criminel. Maintenant qu'Anne-Marie a disparu pour toujours, je puis me la figurer très belle, blonde, portant des brassées de fleurs fraîches.

Elle n'aura pas connu ce printemps, la meilleure des saisons pour ce commerce délicat.

XLI

Non, il n'y a pas que des fêtes...

On entendit d'abord la corne des pompiers : le malheur faisait bruyamment irruption dans la rue. La voiture rouge s'arrêta devant le numéro trois, une maison à deux étages.

Aussitôt, nous nous agglomérâmes à la porte du trois ; nous nous rencontrons ainsi au hasard du moindre incident. Que se passait-il au juste derrière cette façade ? Pas de fumée, par conséquent pas de feu. D'ailleurs, la grande échelle n'avait pas suivi. Une ambulance arriva. Nous nous questionnions l'un l'autre. Un meurtre peut-être? Et l'on reniflait une odeur bizarre. Mais il y a toujours une mauvaise odeur de triperie dans cette partie de la rue. On ignore d'où elle sort.

Ma grand'mère n'admettait que de la franchemule et du feuillet sur sa table. Moi, je n'ai jamais fait la différence.

Donc, pas d'incendie; c'était un point d'acquis.

A Grenelle, aux Ternes, je raffolais de jouer aux pompiers. Un jeu des plus simples : il suffit de traîner les pieds en criant pin-pon. Les pompiers ne portent plus le casque doré d'autrefois ; ils ne mènent plus à toute bride leurs beaux chevaux pommelés ; il est défendu de traîner les pieds. Je ne crois pas que les enfants jouent encore aux pompiers. A quoi s'amusent-ils, à présent ?

Gros arrivage de billes, ces jours-ci, chez le marchand de couleurs. Elles sont en vente à vingt-cinq centimes la pièce. De vulgaires billes en terre, pas même parfaitement sphériques ni vernissées ; de ces billes qui se cassent en deux lorsqu'on les lance un peu fort. Combien coûte alors un calot ? Ou une bille en verre à spirales orangées et bleues ? Ou une bille en acier ? Nous traversons des temps difficiles ; les billes aussi sont hors de prix.

Je parle maintenant de billes comme si j'avais été un joueur émérite. Mais non. Je n'ai jamais su viser convenablement le pot, ni même tenir comme il faut la bille : entre le bout de l'index et la première phalange du pouce replié. Je perdais, car je m'y prenais à la façon des filles. Nous les appelions les quilles ; nous leur tirions les nattes. Nous, les garçons, étions les boules. Les boules contre les quilles, c'était un autre jeu. On rentrait dedans.

Somme toute, je n'ai jamais excellé aux jeux d'adresse. Plus tard, je n'ai pas su tenir adroitement une queue de billard. Je n'ai pas su non plus me tenir moi-même devant une fille. Bien après seulement, je me suis quelque peu réhabilité : aux boules.

Un car de la police était venu s'arrêter devant l'immeuble. Les agents nous refoulèrent. Quelques renseignements nous étaient entre temps parvenus. Un pompier avait déclaré :

« Il est mort sous la machine. »

Quelle machine ? Nous ne le sûmes pas. Un mort

en tout cas. On n'avait pas attendu pour rien. Nous savions aussi que cela s'était produit au premier étage.

La gérante de chez Maggi avait réussi à pénétrer dans le couloir. Sa blouse blanche et les fonctions qu'elle occupe lui donnent de l'autorité sur nous. C'est grâce à elle que nous eûmes enfin une relation sérieuse de l'affaire : il s'agissait de l'asphyxie par le gaz d'éclairage d'une famille entière, le père, la mère et leur petite fille.

« Je les connaissais bien, dit la gérante, la mère était une cliente pour le lait. C'étaient de braves gens. »

Une fois morts, nous devenons tous de braves gens.

« Le père était ozo. »

Elle voulait dire : employé à la Compagnie des Eaux.

« On n'est jamais assez prudent, dit une autre dame. Moi, je ferme toujours le compteur. »

Car personne n'avait retenu l'hypothèse d'un grand suicide familial. Nous sommes peu portés aux sentiments extrêmes.

La gérante poursuivit :

« Et dire qu'il venait de refaire sa chambre à coucher à neuf, il n'y a pas huit jours. »

Les agents emportèrent les trois corps enroulés dans des couvertures brunes. La petite famille au grand complet. Puis le car partit. Ç'avait été un déploiement de forces et de services publics : les sapeurs-pompiers, la police, des infirmières, tout un remue-ménage pour des gens bien modestes. Il n'était sûrement pas dans leurs coutumes de déranger tant de monde.

Nous restâmes quelque temps encore, faisant là une sorte de manifestation d'amitié pour ces personnes de la rue qui nous quittaient. D'un coup, trois habitants de moins. Des personnes que l'on avait croisées certainement au marché, chez Maggi, au bureau de tabac.

L'homme était reconnaissable à sa casquette à écusson. Et voilà qu'il trépassait avant que d'avoir eu droit à la retraite des vieux travailleurs ; voilà que son épouse mourait sans avoir goûté le retour de conditions de vie plus faciles ; la petite se fût développée, elle se serait transformée en une de ces filles court-vêtues de la rue, et un galopin ardent eût gravé son prénom, nuitamment, dans le crépi d'un mur.

Le lendemain, je dus aller par là. Au premier, les volets étaient clos. La rue avait repris son aspect ordinaire. Aux fenêtres du dessus, pendaient des chemises et des caleçons à sécher, comme si les co-locataires avaient voulu amener le grand pavois de misère.

Il y avait, provisoirement, un petit logement à prendre dans la rue, au trois, au premier, avec le gaz et l'eau ; la chambre à coucher venait d'être tapissée à neuf.

XLII

Je suis membre de l'Association des prisonniers de guerre du XIVe. C'est la première fois que je m'affilie à une association quelconque : je suis un Français qui vieillit.

Il y eut dernièrement une assemblée générale : je m'y rendis. En avançant dans le brouillard jaunasse des rues, je pensais aux copains. A ceux qui sont rentrés dans leur vie d'avant ; les uns ici, à Paris ; les autres ailleurs. En se séparant, on s'était promis de s'écrire, de se revoir. Et maintenant, chacun reste chez soi. Peut-être avons-nous trop circulé. J'ai encore quelques adresses : celle d'un gars qui demeure rue de la Voûte, dans le XIIe ; celle de Rimbaud de Billancourt, un blanchisseur ; il faudrait leur faire visite... Mais qu'aurait-on à se dire ? Hubert doit délivrer des mandats-poste à longueur de journée, derrière un guichet, à Châlons-sur-Marne ; Briard s'active de nouveau entre ses bordereaux et ses factures, à Troyes (Aube) — il rattrape le temps perdu. Et Bouquet, le roi des chaussons ?...

Ils refont des racines. Je pensais aussi à tous ceux qui ne sont pas revenus, qui font semblant de dormir et de rigoler parmi les racines de la Grande-Allemagne.

La réunion avait lieu dans ce restaurant pour noces et banquets que je voyais de ma fenêtre de l'impasse du Rouet. Plus de néon, plus d'épousées.

Rien qu'une foule d'hommes en pardessus et portant un insigne piquant à la boutonnière. Le comité directeur nouvellement élu présidait sur une petite scène. L'installation sonore ne fonctionnait pas : un sifflement de loin en loin qui nous faisait sourire. Des orateurs discouraient, nous écoutions et nous cquiescions, sans excès, nous battions des mains chaque fois qu'on nous le demandait :

« Applaudissez, chers camarades. »

Ils nous appelaient « chers camarades » ou « chers amis ». Cette longue station debout nous ramenait en arrière, aux rassemblements des casernes et des camps. Il se trouve toujours des gens pour nous endoctriner, en toutes langues, et partout. On nous entretint de « l'honneur prisonnier », puis un abbé évoqua le « climat des Stalags », on nous parla de nos souffrances passées qui nous donnaient des droits, ensuite le trésorier exposa en détail les comptes de sa gestion. Approuvés, les comptes.

Nous approuvions d'emblée, machinalement. Bien que nous fussions en costumes civils, il y avait entre nous une certaine ressemblance qui nous vient probablement d'avoir traînassé ensemble dans les mêmes établissements scolaires, dans les mêmes casernes, dans les mêmes baraques, d'avoir porté longtemps un même drap kaki, depuis les molletières jusqu'au calot. Et nous avions aussi le même regard vague, un peu glauque, dirait-on, des gens qui ont pris le parti de la soumission. C'était une réunion d'absents.

Bientôt, nous aurons une permanence par quartier,

dans un bistrot, tout comme les poilus de la grande guerre. Au fait, les anciens combattants, c'est nous, cette fois. Nous entrions dans l'Histoire, subrepticement.

Sur le podium, un de ceux du Comité exhalait son amertume : le onze novembre, il était allé à l'Arc-de-Triomphe, porteur de la pancarte de la section, en compagnie de « deux pelés et d'un tondu ». Une vulgaire pancarte de carton, alors que d'autres sections — et même des sections de banlieue — déployaient des fanions. Un fanion, c'est ce qui manquait à la nôtre, une des plus nombreuses de Paris et de la Seine, dit-il avec fierté. Cela me réconforta d'apprendre que les soldats du XIVe avaient, en bloc, mis bas les armes, comme moi. On improvisa sur l'heure une petite collecte, pour le fanion. Qui eût cru qu'un jour nous paraderions sur les Champs-Élysées, fanion au vent, devant l'Autre, notre prédécesseur ? Mon ami Gaydamour, Adrien, eût été ravi de savoir que nous allions prochainement posséder un beau fanion, en pure soie.

Il se faisait tard. Nous commençâmes à nous diriger vers la sortie. A mes côtés, deux copains se remémoraient à mi-voix leur retour :

« En arrivant, j'ai demandé trois cartes-postales, trois enveloppes et trois timbres. On m'a dit : « Ça fait douze francs. » Douze francs, j'ai compris qu'il y avait eu du changement en cinq ans. Premier coup de massue. Après on va boire une bouteille de vin avec les copains. Cent trente francs la bouteille! Sur les mille balles que je venais de toucher. Deuxième coup de massue.

— Nous, dit l'autre, on a bu aussi une bouteille, mais on a partagé la dépense à quatre, ça faisait à peu près trente francs par bonhomme. »

Mais on voyait que, même à ce prix, le vin rouge de la liberté leur avait, à tous deux, semblé bon. Un vin qui avait cinq années de cave et qui montait vite à la tête.

Un type me poussa et me dit :

« Excuse-moi. »

Gentiment et avec détachement, ainsi qu'autrefois quand nous n'avions pas d'autre douceur que ce tutoiement. Je retournerai dans cette salle de bal quand j'aurai envie de m'entendre dire « tu » par un inconnu.

XLIII

Au coin de la rue Mouton-Duvernet, un attroupement se formait. Quelqu'un dit que c'était un voleur qui venait de se faire prendre en flagrant délit. En m'approchant, j'aperçus deux hommes qui maintenaient un enfant. Ce n'était qu'un petit voleur. Les hommes paraissaient fort en colère ; ils lui grognaient dessus ; le garçon ne leur répondait rien.

« C'est une bande, dit l'un des deux marchands. Ils nous volent à l'étalage du matin au soir. Ce matin, c'était un portefeuille, maintenant une ceinture. Je vais le conduire au poste.

— A moi, dit l'autre, ils m'ont pris une lampe de poche. »

A mon côté, un ouvrier déclara :

« Il vaudrait mieux le remettre à ses parents. »

Mais un vieux monsieur intervint alors énergiquement :

« Pas du tout, c'est de la graine d'apache. Au commissariat ! »

L'ouvrier insista :

« Moi, je trouve qu'ils ne devraient pas le remettre aux flics. »

Il parlait en même temps pour moi.

Le vieux monsieur offrit ses services :

« En route! Je vais vous donner un coup de main. »

Une personne remarqua encore :

« Il y en a d'autres qui volent davantage, mais ils s'y prennent plus adroitement. »

Il semble, qu'à la longue, le gosse aurait eu parmi nous quelques partisans. Il n'avait qu'une quinzaine d'années ; il était blond ; il portait un complet marron, bien propre ; il tenait la tête baissée pour qu'on ne le vît pas.

On lui mettait la main au collet, comme lorsqu'ils jouaient aux gendarmes et aux voleurs, lui et ses camarades ; il n'y avait pas très longtemps de cela. Mais voilà qu'il allait avoir affaire à de vrais gendarmes.

L'un des deux marchands l'entraîna à travers la foule. Ils s'engagèrent dans la rue Mouton-Duvernet, suivis du vieux monsieur qui donnait bénévolement son concours : on épure.

En chemin, le petit se délesta de la ceinture, le vieux la ramassa. Il avait l'œil.

Au bout de la rue, l'enfant tenta de s'échapper d'une secousse. C'était sa dernière chance, car le commissariat se trouve à deux pas. Il eût pu filer dans la nuit qui tombait. Mais il n'était pas le plus fort, il n'avait pas mangé assez de soupe, il se battait à deux contre un, si l'on peut dire.

Pourquoi avait-il volé cette ceinture et peut-être d'autres bricoles ? Pour se payer un cornet de marrons, ou pour aller au cinéma en compagnie de copains de son âge ?

A moins qu'il n'eût de plus sérieuses raisons.

En tout cas, point de cinéma pour lui ce soir-là. Des marrons ? Peut-être. Sur sa figure.

Il terminait mal sa journée, au commissariat de police ; il commençait mal sa vie. Et lorsqu'on débute mal, on continue généralement de la même façon ; on a les plus grandes peines du monde à retrouver ce droit chemin, dont le tracé est d'ailleurs incertain. J'en parle par expérience. De la maison de correction à la prison, cela fait boule de neige, comme on dit.

Moi aussi, j'ai volé, étant jeune : un sabot à la devanture de *l'Économie Ménagère*. Mais tout le monde n'a pas la veine de faire sa prison avant la naissance.

XLIV

A mesure que nous avancions, le tas de navets diminuait. J'étais au milieu de femmes. Personne n'aime les navets. On ne peut comparer leur goût à rien d'autre. Ce légume filandreux était l'aliment de base à la pension protestante de Boulogne.

Une jeune femme s'évanouit derrière nous. Dans ces occurrences, nous savons nous montrer compatissants. L'un apporte un verre d'eau, l'autre une chaise, on mande la police, un autre dégrafe le corsage afin de faciliter la respiration. Pour quelques minutes, nous oubliâmes nos navets. Des agents emmenèrent dans leur voiture la malade qui s'était ranimée. Elle répétait :

« Je ne veux pas aller à l'hôpital. »

Ma voisine observa qu'elles sont toutes les mêmes, qu'elles préfèrent sortir les jambes nues plutôt que de mettre des bas reprisés, comme elle. Cette dame est une relation de queue, elle a vécu en Abyssinie d'où elle a rapporté une affection singulière : elle a les extrémités gelées, elle pourrait les tremper dans l'eau bouillante sans rien sentir. Le vieux chanteur en canotier du quatorze juillet — celui qui n'avait pu repousser les Allemands deux fois de suite — lui eût peut-être conseillé un remède.

Il ne restait presque plus de navets. Tout le monde ne serait pas servi. Le marchand décréta soudain qu'il n'en donnerait plus qu'une livre à la fois, ce qui augmentait sensiblement nos chances. En approchant, on s'apercevait que les navets étaient gâtés, mais notre excitation s'accroissait cependant. Après une heure, ou plus, l'objet de notre attente nous devient comme indifférent. On voulait ardemment ces navets, qu'ils fussent pourris, mangeables ou non. Ainsi, vers la fin, il ne s'agit plus que d'une sorte de gageure. Serions-nous parmi les favorisés ? Nous écrasions une neige noire en travestissant mal la brûlante passion qui nous tourmentait ; nous avions nos allures de personnages de ville assiégée.

C'était la veille du réveillon. Encore une année qui tournait en boue.

A tout instant, des femmes nous devançaient en exhibant des cartes de priorité. Elles nous raviraient les derniers navets. Un monsieur n'y tint plus : il interpella l'une de ces personnes. Nous l'en félicitâmes d'abord. Il exposa qu'il en avait marre des cartes de priorité. Très juste. A quoi la dame lui objecta qu'elle ne tenait pas sur ses jambes car c'était son premier jour de relevailles. Alors nous prîmes, tout à coup, fait et cause pour elle, oubliant de nouveau nos navets. Le monsieur s'exclama :

« Vous faites des enfants quand vous êtes soûls le soir.

— Monsieur, répliqua la jeune mère avec dignité, je n'ai jamais bu de ma vie. Vous êtes un malpoli. »

Nous dîmes au monsieur qu'il eût dû avoir honte d'insulter une femme qui ne tenait pas sur les jambes, une mère au surplus, et dans des jours où le pays a tant besoin d'enfants (il en a toujours besoin). Le marchand alla plus loin encore : il lança un de ses navets à la face de l'ignoble individu qui prit la fuite sous nos huées, sans navets.

Il ne conviendrait pas de généraliser : de tels pignoufs sont des exceptions, heureusement. C'était un anarchiste, un libertin, un néo-malthusien... sans aucun doute.

Certes, nous sommes tous antiprioritaires, profondément, mais sans pour cela perdre jamais de vue les intérêts vitaux de la Nation. Ces femmes portent nos lendemains dans le ventre. Et nous faisons passer la repopulation bien avant les navets. En outre, nous demeurons un peuple assez chevaleresque ; il ne nous plaît pas que l'on injurie une femme devant nous, en pleine avenue d'Orléans.

Je ramenai tout de même quatre navets que les gens regardaient avec convoitise. Sur mon chemin de retour, je m'attardai encore à la vitrine du charcutier : il y avait là du pâté de foie gras à mille vingt francs la boîte. C'eût été, de ma part, une folie. Je me rabattis sur des bigorneaux à dix francs le verre (j'adore les bigorneaux), car je tenais à corser mon menu. Ensuite, je me rendis chez la marchande de vin. C'est une personne que j'estime. Elle a une figure plus large que longue, ce qui lui donne une expression plutôt joviale ; elle a le teint rouge, et même violacé. Je ne sais rien de plus sur son compte, sinon qu'elle vient de subir l'opération de la cataracte. De plus, elle m'a confié qu'elle a les plats sucrés en horreur. Mais elle apprécie son vin. Avant l'opération, elle devait se servir de ses doigts pour introduire le goulot des bouteilles dans la cannelle ; elle perdait ainsi beaucoup de marchandise.

Elle est presque entièrement chauve, ce qui l'oblige à inventer des coiffures très exclusives.

Nous échangeâmes des idées. Elle me parut assez montée :

« Pas de viande! Pas de viande! Mais les triperies sont pleines de têtes et de pattes de veaux. Où sont-ils, les veaux? Qu'est-ce qu'ils font? »

Cela débutait en forme de devinette. Elle poursuivit :

« Ils ne courent pas comme ça dans les prés, les veaux... sans têtes. »

Eh bien, oui, où sont donc les veaux?

Nous devînmes tout maussades. Mais, il se peut que, tous les deux, nous nous laissions prendre à des apparences délusoires

« Rien à manger, trois ans après la guerre. Ils font trop de politique ici. »

Les fêtes la rendaient chagrine autant que moi.

J'allais réveillonner en tête-à-tête avec moi-même, et je n'ai plus rien à me dire; je me trouve quelconque.

Anciennement, mon père me donnait l'étrenne de sa barbe en sortant de chez le coiffeur; il avait la peau douce et odorante de cosmétique et d'eau de Cologne L.-T. Piver. Qu'est-ce qui me fait penser à cela? Qui voudrait l'étrenne de ma barbe?

Allons! J'avais de quoi festoyer : des navets, des bigorneaux à volonté, du vin... Il me fallait encore du pain.

XLV

Je pris ma place dans la file. Devant moi, deux ménagères discutaient sur le boudin blanc. C'était très instructif.

Il n'y a pas de boudin blanc cette année. Nulle part. Pourquoi? Parce que le boudin blanc se fait avec du lait. Ah! Et du lait, il n'y en a plus depuis longtemps. Il y a du lait en poudre, mais il ne vaut rien pour faire le boudin blanc. Absolument rien. Ce doit être du lait écrémé. Attention : il y a lait en poudre et lait en poudre. Le lait en poudre pour bébés est meilleur. Tiens, tiens. On pourrait sûrement faire du boudin blanc avec du lait en poudre pour bébés. C'est à voir. Seulement le lait en poudre pour bébés, c'est sacré. Vous travaillez toujours chez Salomé? Oui, je travaille toujours chez Salomé. M. Pineau a encore eu une drôle d'idée de supprimer les cartes de pain, pour les rétablir deux mois après. Ce n'est pas M. Pineau qui les rétablit. M. Pineau est parti. On ne connaît pas le nom du nouveau ministre. Ça ne fait rien. Voilà une année qui finit mal.

Une neige transparente se mit à tomber.

Il y a des gens qui ne sont pas raisonnables : ils jettent le pain. Vous n'avez qu'à regarder dans les poubelles. C'est malheureux. Il y en a d'autres qui le donnent à manger à leurs poules. Chez nous, on n'a jamais été habitués à gâcher le pain. Les croûtons rassis, on les met à tremper pour la soupe. Chez nous aussi.

La boulangère vint nous annoncer que la fournée allait bientôt sortir. Elle ajouta qu'il n'y aurait pas de pain pour plus de cent personnes. Nous n'étions pas plus de cent. La boulangère portait un beau corsage de satin rouge plein de formes boulottes, bon poids. Nous ne lui avions jamais vu ce corsage.

Mes parents me faisaient acheter du pain boulot. La pesée me revenait. Il advenait que ce fût un croissant rassis.

En Belgique, ça va mieux qu'ici Il paraît qu'ils ont vendu un port aux Américains pour quatre-vingt-dix ans. Quel port? La politique c'est la bouteille à l'encre.

Un monsieur interrompit ce dialogue :

« Ça bouge là-dedans, dit-il, je crois que ça va venir. »

On allait avoir du pain. Nous progressâmes de quelques pas. On pouvait voir l'intérieur du magasin décoré de jolies peintures sur carreaux : les *Glaneuses* d'un côté, les *Moissonneurs* de l'autre, de J.-F. Millet. Une douzaine de personnes s'en allèrent portant chacune une baguette. Notre tour allait venir... Soudain, on entendit un vacarme venant de la boutique. Un petit homme à la moustache énergique et à la voix de chef apparut à la porte et nous révéla :

« Il n'y a plus de pain! Tous à l'intérieur! »

Aussitôt, nous nous lançâmes à l'assaut de la boulangerie. Ce fut rapide. Il nous sembla que nous devenions puissants. Ces mots réveillèrent dans notre sang une hérédité d'émeutiers, de sans-culottes, de tricoteuses, de pétroleuses. Nous connûmes quelques minutes d'emportement assez grisant.

Une fois que nous fûmes dans la place, la même voix nous commanda :

« Et maintenant, on ne sort plus! »

Nous nous mîmes à gronder furieusement.

« Enfoncez les vitrines », proposa quelqu'un.

— Si on bouffait tous les choux à la crème », suggéra un autre.

Mais ils ne furent pas écoutés. Nous nous tînmes décemment jusqu'au bout (nous voulions seulement du pain). Les choux à la crème étaient très appétissants. Il y eut une citoyenne qui, en voulant s'emparer d'une livre de farine, fit basculer la planche où se trouvaient les sacs. Un nuage blanc s'éleva dans le magasin. Nous ne pouvions pas bouger. Le boulanger, en gilet de flanelle, baissa le rideau de fer ; il découvrit les poils de ses aisselles. Nous étions prisonniers. La boulangère se tenait derrière son comptoir-caisse de marbre. L'émotion la rendait un peu pâle, à moins que nous ne fussions tous grimés à la farine. Elle répétait :

« Il n'y en a plus. D'ailleurs nous ne sommes que les gérants. »

Sa poitrine rouge tremblait.

Un monsieur de forte corpulence entreprit de ramener le calme dans nos esprits ; il dit que les Français ne sont pas disciplinés, en levant son parapluie...

« Si vous aviez des enfants à la maison, fit observer une dame, vous ne parleriez pas comme ça, grosse tête de cochon. »

Nous houspillâmes le monsieur. Je retrouvai la

dame qui avait disserté sur le boudin blanc de manière exhaustive.

« Ça va se gâter, me dit-elle. Je voudrais m'en aller à la maison. »

Elle avait raison : quatre agents de la force publique arrivèrent ; ils commencèrent par nous expulser du local, puis ils nous informèrent qu'il n'y avait plus de pain dans le fournil et que nous pouvions disposer. Nous comprîmes alors que tout était fini.

« C'est voulu, tout ça, déclara un monsieur.

— Drôle de réveillon, remarqua un deuxième.

— Ça ne portera pas bonheur au boulanger », dit une bonne femme.

Il ne nous déplaît pas non plus de nous prouver, de temps en temps, à nous-mêmes, que le lion populaire sait encore montrer les dents.

Je rentrai chez moi, sans pain.

TOUTE UNE VIE A PIED...

XLVI

Aujourd'hui, je me sens, certes, plus que jamais attaché au XIVe arrondissement, mais pourtant la tentation d'en partir est parfois encore assez forte. Pourquoi ne pas se l'avouer ?

D'où me viennent subitement ces grandes envies de sortir de chez moi et de m'en aller à l'aventure ? Comme si j'étais pressé de reconnaître certains lieux ; comme si le temps allait me faire bientôt défaut.

Alors, je pars en balade. Non pas au bout du monde (le monde est sans queue ni tête), mais d'un quartier à l'autre.

Paris à la marche, Paris par les pieds, Paris sous les semelles. A chaque foulée, où que l'on aille, on fait lever une poussière de souvenirs sur ces trottoirs que l'on a usés.

Je ne puis faire deux pas sans me rencontrer, je retrouve mon image dans ces murs témoins qui sont comme des glaces déformantes où je me vois petit, grand, mince, pâle, drôlement attifé, sans jamais rire, avec des mines de fuyard.

Et je me prends en filature à travers les ans et les rues.

Je vadrouille autour de mon passé, j'en ramasse, ici et là, de menus morceaux, il en traîne un peu partout, je tâche à le reconstituer, comme si l'on pouvait exister une fois de plus...

Pour se déplacer, le métro est un moyen bien commode. Que ferions-nous sans lui ? On peut circuler sous la ville en tous sens, on a le droit de parcourir un nombre à peu près illimité de kilomètres. En plus, il y fait frais en été, chaud l'hiver.

Dès les premiers pas dans l'escalier, je retrouve avec un même plaisir l'haleine tiède, un peu fétide, de cette espèce de grand serpent souterrain qui se nourrit d'hommes, de femmes et d'enfants. Je ne déteste pas le parfum très secret des dessous de Paris. J'ai aussi toujours admiré l'asphalte scintillant, comme si l'on y avait incorporé des pierres précieuses en poudre, dont sont faits les marches et les quais ; je n'en ai vu nulle part ailleurs de pareil.

A l'entrée, une employée, dans sa guérite, poinçonne automatiquement les tickets. Sa robe est généralement couverte de confetti de carnaval jaunes et bleutés, elle en a encore davantage à ses pieds. Et, quelquefois, un ou deux dans la chevelure, par coquetterie.

Les tunnels sont uniformément gris. Mais il ne nous viendrait pas à l'esprit de nous plaindre ni d'exiger, contre nos cinq francs, un vrai paysage avec des arbres plantés dessus, et de l'herbe, et du vent. Nous comprenons bien que cela n'est pas possible. Et d'ailleurs, quelles sortes de fleurs pousseraient à de telles profondeurs ? Et qu'est-ce que c'est que cinq francs ?

Les innombrables petites lampes se reflètent dans l'émail de la voûte. C'est plus beau qu'un château de sel.

Quand arrive le train, rempli d'hommes, de femmes,

vous vous dites du quai où vous vous trouvez que cela ressemble à un aquarium pour personnes. Tous ces gens ouvrent la bouche ensemble pour aspirer un oxygène raréfié. Ils portent un même masque d'angoisse (ils devraient essayer les *Gouttes Toulousaines*). Sans réfléchir plus, vous vous précipitez vers le wagon, et vous entreprenez de vous insinuer de toute votre énergie parmi les voyageurs. Vous avez déjà pris un visage de poisson, sans le savoir.

Une fois à l'intérieur de la voiture qui se met à rouler sur une musique apaisante, à s'arrêter, à siffler, à repartir, c'est plutôt à un conglomérat d'asticots que nous ressemblons. Nous grouillons sans distinction d'âge ni de sexe ; nous nous frottons les uns aux autres, sans mot dire mais non sans arrière-pensées. Des asticots qui seraient méchants et un peu vicieux, au surplus.

Durant mon adolescence, j'ai manié les jeunes filles dans le métro assidûment, les vieilles aussi.

Si, par bonheur, l'on est assis, c'est tout comme si l'on glissait doucement sur les fesses.

J'affectionne surtout la ligne Étoile-Nation parce que le train sort à plusieurs reprises de son tunnel. Et c'est alors une courte escapade en plein air, entre terre et nuages, depuis « Pasteur » jusqu'à « Passy ». A la lumière du jour, nous reprenons une meilleure mine. J'emprunte fréquemment cette ligne pour me rendre chez mes parents.

Je tourne le dos aux gens. Les façades sales se succèdent à travers la vitre et la légère buée de ma respiration. La voie suit les boulevards extérieurs. Il nous est donné de voir notre comportement à hauteur du second étage dans des centaines de logements analogues. Nous observons ce qui s'y fait sans trop de curiosité. C'est tout semblable à nos logements : des meubles de série, de petites pièces, du linge qui sèche, des femmes qui cousent, d'autres qui cuisinent... C'est le film de notre vie, à l'horizontale, un film fastidieux.

Il y a bon nombre d'hôtels, la plupart ont des noms de départements, ou de villes : *Hôtel de l'Aveyron, de la Creuse, de la Lozère, de Meymac, de Constantine, de Tours, de Joigny, des Vosges*... Il y a aussi le *Grand Hôtel du Petit-Louvre* et, plus loin, un marchand de vaisselle : le *Père Fragile*.

Parfois, un enfant blasé nous regarde de son balcon. Cette grosse chenille métallique, verte, tachée de rouge en son milieu, avec deux yeux jaunes sur le front, qui passe devant lui à intervalles réguliers, cet énorme jouet ne l'amuse plus du tout.

Personne ne nous fait un salut d'amitié.

On s'engage sur le pont de fer, on quitte la rive gauche. Le fleuve forme la limite des XVe et XVIe arrondissements, des quartiers élégants et des nôtres. On aborde la rive opposée, on y pénètre entre deux immeubles jumeaux qui font penser à des postes-frontières.

On voudrait jeter un regard, ne fût-ce qu'un instant, à l'intérieur de ces maisons, mais les rideaux sont tirés à toute heure du jour et de la nuit. Une fois seulement, j'ai eu la bonne fortune d'entrevoir la jambe nue d'une femme par la croisée d'une salle de bains. Je me souviens qu'il faisait une chaleur exceptionnelle.

De grandes bâtisses claires aux larges baies, des terrasses fleuries... Beaucoup d'espace et de lumière : on est dans une ville étrangère.

Et nous inventons de fastueux salons, de lourdes tentures, un milieu tiède, de mous sofas et de splendides (et languissantes) créatures allongées dans la soie et les broderies. C'est très tentant. Mais, à ce point de nos rêvasseries, voilà que l'on s'enfonce en terre de nouveau. Et nous nous retrouvons entre nous avec nos visages d'une même pâte, dans un éclairage électrique. Il monte des relents de champignonnière. On ne saura jamais vraiment comment vivent les gens du XVIe.

Nos demeures sont construites en pierre d'une autre qualité. Il semble que l'on ait, à notre endroit, une conception spéciale de l'habitat, et peut-être de l'existence, en général. Chez nous, la place est mesurée, ce qui nous force aux glissades, aux contorsions involontaires ; la plupart des grands gestes nous sont interdits, faute d'un cubage d'air suffisant, et même certaines attitudes avantageuses. Nous nous gênons les uns les autres, nous nous bousculons un peu, et il s'ensuit que nous finissons par nous énerver mutuellement, sans raison profonde, jusqu'à proférer de gros mots. A Passy, l'on dispose de pièces pour tous usages : fumoir, salon, chambre à coucher, boudoir... Au XIVe, on fume, on couche, on mange, on boude ensemble, dans l'unique pièce dénommée curieusement : studio.

XLVII

Voilà longtemps que j'aspirais à revoir la rue Lacordaire. Je n'en avais conservé que des images imprécises (mais violentes) et tout enfumées. Ces noms : Grenelle, la rue Lacordaire, le marché Saint-Charles où je me perdis un matin, la rue de Javel où coulait une eau acidulée opaque comme de l'absinthe, l'hôpital Boucicaut n'ont pas fini de m'émouvoir ; ils m'ont toujours accompagné, partout ; ils sont en moi. C'est peut-être parce que mes parents m'en ont abondamment parlé. A force de broder patiemment dessus, ils avaient réussi à faire de la rue Lacordaire un endroit idyllique où un cochon n'aurait pas retrouvé ses petits. Ils ont effeuillé par là leurs plus belles années.

Eh bien, la rue Lacordaire n'est qu'une très petite rue, sale et morne, une rue de pauvres. Elle pourrait aussi bien être du XIVe. Il y en a des centaines toutes pareilles à Paris, bâties en même pierre revêtue de la même patine. Les gens ont la même couleur, ainsi on ne les remarque pas. J'ai l'habitude de cette sorte de rues. Nous nous trouvons bien là-dedans : c'est neutre.

Quelques Arabes allaient d'un trottoir à l'autre.

Je ne reconnus rien, ni le lavoir ni l'école communale, au millésime de 1864, ni le commissariat de police ni l'hôpital Boucicaut ni la boutique de l'*Ecolier Sage* où l'on continue à vendre des cornets-surprises poussiéreux que nous obtenions contre des gros sous à l'effigie de Napoléon III ou de la République. Ils donnent autant de joie qu'alors.

Les bâtiments de l'usine Nilmélior existent, mais sous une firme différente, moins troublante que la première. On n'y fabrique plus de magnétos et de paratonnerres à pointes de platine. Le café du père Longet existe également. Les patrons qui se sont remplacés derrière le comptoir n'ont pas pris la peine de faire modifier le tarif des consommations peint en lettres et chiffres d'or écaillé sur la devanture : le café moka à dix centimes, avec petit verre quinze et vingt centimes, le bock à vingt centimes, l'absinthe suisse à vingt-cinq centimes (c'était la boisson de mon père), le vin blanc nantais à soixante centimes le litre (vingt et un litres pour vingt).

Douze photographies de Chamberlin à cinq francs la douzaine (quatre poses différentes), violettes à deux sous la botte, le Clos-Vougeot chez l'ouvrier, et le pigeon aux petits pois tous les dimanches, le café dix. Temps lointains où l'on vivait pour presque rien, temps pas chers, où l'on mourait pour pas grand'chose, temps des petits sous et des petites années, temps où l'on me tenait par la main.

Les tarifs changent, les vieux clients s'en vont, les patrons aussi. Temps à bon marché, temps au beurre.

Au bout de la rue s'élèvent encore les hangars de la maison Belloir, matériel de fêtes. Tout à côté, la petite maison où habitait la première fiancée de mon oncle Alexandre, c'est là qu'il venait chanter des romances sous la fenêtre, à minuit quand il était soûl.

Si je n'ai rien dit jusqu'ici de mon oncle Alexandre, c'est parce que nous l'avons très peu fréquenté. Mon père et lui ne s'accordaient pas bien ; ils avaient des conceptions sociales, politiques, et même morales entièrement dissemblables. Mon oncle était un travailleur appliqué, d'opinion socialiste modérée. Dès sa jeunesse, il se voua corps et âme à la chaussure. A dix ans, il était déjà en apprentissage à la grande usine Godillot, à Montmartre. M. Godillot employait un certain nombre de garçons comme mon oncle ; il estimait que c'est un âge propice à l'étude d'un métier. Mais cela était contraire aux lois. Et, lorsqu'un inspecteur du travail était signalé, l'on devait enfourner les gosses dans des ascenseurs qui n'arrêtaient pas de monter et de descendre ; c'était une usine moderne. Les enfants appelaient ces visites d'inspection qui leur procuraient des voyages en ascenseur. L'usine Godillot fut détruite par un incendie.

Plus tard, mon oncle devint gérant d'un magasin de chaussures à Saint-Denis, au *Chat Noir*. Il portait une barbe à deux pointes, une blouse grise et il avait une espèce de martinet chasse-poussière avec quoi il balayait constamment les souliers de l'étalage.

Il fit toute la grande guerre (j'allais dire : comme tout le monde), ce qui accusa encore la séparation entre les deux frères. Il gagna ses galons de caporal à Verdun. Vers la fin, il fit même quelques prisonniers ; il est vrai qu'à ce moment c'était devenu assez facile. Les Fridolins sortaient de leur tranchée, les mains en l'air, en braillant :

« Chpine! Chpine! »

D'après mon oncle Alexandre cela voulait dire : pain. Et puis, il alla s'établir à Saint-Étienne où il mourut après une vie consacrée à la bottine en box-calf et en chevreau, et à la France. Je sais encore que son fils s'engagea dans la L. V. F. et qu'il disparut en Russie. Aux premières pages de ce récit, j'ai écrit qu'il n'y avait qu'un seul ancien combattant dans notre famille : mon trisaïeul Jean-Pierre, soldat de l'Empire ; et voici que j'en retrouve deux autres : mon oncle Alexandre et son fils, mon cousin (mais peut-on compter ce dernier qui avait l'uniforme allemand ? Le Dieu des armées retrouvera les siens).

Je pénétrai dans la courette d'une maison à deux étages, portant le numéro six : c'était là. Il y avait des ordures en tas dans un angle.

« Qu'est-ce que vous cherchez ? », me demanda une grosse femme en peignoir qui fermait mal sur le devant.

C'était assez difficile à définir. Je me sentais d'autant plus embarrassé que d'autres grosses femmes s'étaient mises à m'observer de leurs fenêtres. Je répondis :

« J'ai habité ici. »

Cela me donnait quelques droits, pensais-je.

« Ça m'étonne ; je suis concierge depuis trente ans : je devrais vous connaître. »

Elle avait l'air de suspecter ma bonne foi. Je lui fis alors remarquer que la pompe avait été remplacée par un robinet. La pompe aux abords de laquelle j'aimais à barboter en compagnie du petit Julot.

« Ah! vous parlez d'il y a très longtemps, moi j'ai toujours connu le robinet.

En effet, je parlais d'il y a quarante ans, avant l'installation du robinet. Cette vieille concierge était un peu trop jeune pour moi. Je suis devenu riche en années, j'en ai à ne savoir plus quoi en faire.

La blonde du premier me prit par surprise à témoin :

« C'est beau, hein ? Pas d'eau, pas de gaz, pas d'électricité — on ne trouve pas de pétrole — les murs tombent en ruines, et on paye quatre cents francs pour ça. »

Elle ajouta :

« Il y a des tapis dans l'escalier. »

Elle se moquait de moi, d'elle-même, et de tout ça. Je m'en allai, assez gêné.

Mes parents avaient un peu chantourné cette maison du numéro six, et moi aussi, inconsciemment. J'aurais mieux fait de n'y jamais aller voir de plus près : le passé tombe en miettes dès qu'on y met la main.

Ensuite, je continuai ma tournée du quartier. Sur une place, je lus une phrase en creux sur un socle :

LA VÉRITÉ EST EN MARCHE
ET RIEN NE L'ARRÊTERA

ÉMILE ZOLA.

Mais il n'y a plus personne sur le socle. Émile Zola a disparu ; on en a fait des canons. Quant à la vérité...

Les fortifs sont rasées. La terre des parapets a servi à combler les fossés où travaillaient naguère de nombreuses matelassières et aussi des tondeurs de chiens. A la place des fortifications, on édifie de grands immeubles de briques rouges. Rien ne reste plus maintenant que des bastions de place en place.

C'est dans un de ces bastions du boulevard de Ceinture que je passai devant une commission de réforme au début des hostilités. La sentence fut désappointante. On me dit que j'étais bon pour le service armé. Il me fallut jouer de nouveau au soldat alors que je n'en avais plus guère envie. Mais, cette fois, je n'étais plus seul ni costumé en mousquetaire, ou en Boër, mais en kaki et knickerbockers. On jouait à plusieurs millions, à se tuer les uns les autres ; on sait ce qui en résulta.

Je précise qu'un des officiers de l'aréopage ajouta que je serais « motorisé » (à cause de ma jambe malade) ; il me trompa : cette petite campagne, je l'ai faite à pied d'un bout à l'autre. Elle n'avait d'ailleurs pas de bout.

Ainsi, nos plaisirs nous sont enlevés, un à un. Plus de pique-niques, plus d'herbe, plus de siestes, plus de culbutes...

Et Paris n'est plus défendu. On en a fait une ville ouverte à tout venant. Nous l'avons bien vu. On nous l'a prise pendant cinq ans. Peut-être que si l'on n'avait pas démoli les fortifs...

Il me ressouvient qu'un troupeau de chèvres venait quelquefois paître à nos pieds, sous la conduite d'un berger en sarrau bleu qui soufflait dans une flûte.

Plus loin, j'entrai au cimetière de Grenelle, tout contre les Usines Citroën qui occupent l'emplacement de l'impasse des biffins. A l'approche des élections, un nommé Poiret, conseiller municipal, faisait de larges distributions de gigots à la population de l'impasse, grâce à qui il obtenait de fortes majorités aux scrutins. Dans les parages, il doit y avoir des vieux qui pensent encore aux « gigots de Poiret ». Chaque quartier a ses légendes. Qui aurait l'idée, aujourd'hui, de donner des gigots aux électeurs ?

Le cimetière est petit, bien entretenu et (comment dire ?)... accueillant. C'est bien pratique, assurément, pour les habitants de Grenelle d'avoir leur cimetière à eux, à deux pas, plutôt que d'aller se perdre à Bagneux, ou à Thiais...

Un fossoyeur qui travaillait là me dit qu'il n'y avait

plus beaucoup de terrain à vendre, comme s'il eût voulu que je lui en achète un rectangle à ma taille, sur-le-champ. C'était inattendu. J'y réfléchirai, je veux bien être enterré à Grenelle, près de la rue Lacordaire, mais plus tard, un peu plus tard...

Qu'est-ce que je cherche dans les cimetières? On m'y rencontre bien souvent, ces temps-ci.

XLVIII

Avant la fin de l'été, avant les tout derniers beaux jours, je mis à exécution un très ancien dessein : j'allai à Ménilmontant.

Ménilmontant, c'est très loin de chez moi, presque à l'autre extrémité de Paris. Je pris, pour m'y rendre, l'autobus 96, à la Gare Montparnasse. Le receveur me demanda six tickets. On voit que la distance est grande.

L'autobus démarra. Je baissai la vitre pour que le vent me rafraîchît le visage, agréablement ; je prenais mes aises. Une jeune femme vint s'asseoir près de moi. Elle avait une robe beige à ramages sombres, ses bras étaient nus, ses jambes aussi, sa main gauche seule était gantée. Nous traversâmes le VIe arrondissement... Saint-Germain-des-Prés, Saint-Michel... nous franchîmes la Seine, laissant à droite Notre-Dame, pour déboucher place de l'Hôtel-de-Ville. La jeune femme était blonde, dorée, croustillante de soleil, elle répandait une odeur de gaufre, elle était à croquer, son bras touchait le mien. Parfois, nous nous regardions de côté. C'était presque un voyage d'amoureux. Il faisait bon. L'autobus nous appartenait. Les rues devenaient plus étroites. J'entrevis la place des Vosges, en rose et jaune. Nous parcourions le Marais ; nous nous arrêtâmes un instant devant le cirque d'Hiver. Nous étions côte à côte, muets, mais en grande intimité cependant.

Tout comme sur la route de Saint-Jean-de-Luz à Biarritz, dans une auto de louage, une après-midi de fin d'été, tout pareillement, avec Séraphine à ma gauche, et la mer dans le fond. Un soleil tout pareil, un pareil abandon, des frôlements. Séraphine avait une pareille robe beige, en soie ; elle était brune.

Le moteur peinait dans la montée de la rue de Ménilmontant. Sur ce trajet, j'ai conduit, étant petit, un omnibus à quatre chevaux. Ravachol n'était pas au relais. Mon amie sortit une clef de son sac ; je compris qu'elle allait me quitter déjà. En effet, elle partit, je la vis entrer dans un magasin de layettes... C'était fini. Il eût fallu parler. Peut-être. Je sais me contenter d'aventures fugaces. Bien heureux d'en avoir encore.

Je m'assis à sa place où je sentis dans mon corps la chaleur du sien. Elle m'avait aussi parfumé ; j'emportais dans mes vêtements un soupçon de vanille.

Je descendis à la Porte des Lilas. J'étais encore un peu bouleversé. Le voyage avait duré trente-cinq minutes environ, il m'avait coûté le prix de six tickets, ainsi que je l'ai dit, mais quel beau voyage.

A quelques mètres seulement de l'arrêt, je retrouvai d'abord un morceau de fortifications que l'on a dû oublier d'abattre. De ce tertre, j'eus le surprenant panorama d'une cité inconnue et sans bornes, brumeuse, ou fumante, coupée de routes où roulaient des camions minuscules, et piquée par-ci, par-là, de fines cheminées. C'est le Pré Saint-Gervais, où se tenaient les grands métignes ouvriers, puis Romainville, Pantin... Au-delà, la vue porte jusqu'à des collines, jusqu'à la campagne, peut-être...

Des gosses couraient parmi les éboulis, les détritus. On s'amuse davantage sur les fortifications que dans n'importe quel square.

Un jour, au temps des attentats, je découvris dans les fossés une espèce de bidon assez lourd d'où pendait une ficelle que je pris pour une mèche ; je continue à croire que c'était une machine infernale posée là par un de nos copains de Romainville. Tout cela est fini maintenant, on ne trouve plus de machines infernales aux fortifications ; on n'en fabrique plus chez soi ; cette phase artisanale est révolue.

J'avais un but : je voulais voir le lac Saint-Fargeau, le point terminus de l'omnibus. Le lac est marqué en bleu sur ma carte. Il n'y a plus de lac ; on l'a asséché, comb ́. A sa place, il n'y a qu'une grande maison. Je trouvai, en face du numéro 304 de la rue de Belleville, un gros tilleul (si je ne me trompe pas) qui déborde sur la chaussée ; c'est tout ce qui demeure, un arbre au lieu d'un lac.

Ce fut la deuxième surprise de l'après-midi.

Partant de là, je me promenai au petit bonheur. Dans la rue Haxo, au numéro 85, je remarquai la façade qui porte une inscription troublante : « Villa des Otages ». A côté, il y a une chapelle de construction récente, style Verdier. J'y entrai, je n'y vis rien de curieux, sinon une maquette d'un vaste édifice avec cette légende :

AIDEZ-NOUS A ÉLEVER CE MONUMENT
A NOS MARTYRS TOMBÉS LES 24 ET 26 MAI 1871.
Sanguis martyrum Semen christianorum.

Le texte est décoré d'une croix baignant dans du sang en peinture.

Sans le vouloir, j'étais à l'endroit de la Cité Vincennes où furent fusillés les cinquante otages de la Grande Roquette dans les dernières heures de la Commune.

Et je me souvins du père Carra, le contremaître de l'usine Nilmélior, qui avait pris sous son bonnet de commander le tir.

En sortant de la chapelle, j'arrivai dans une cour déserte au milieu de laquelle s'élève une maisonnette, une sorte de resserre. Je me hasardai à y pénétrer... D'un côté, cinq portes de cellules, de vraies portes avec verrous, cadenas, judas ; et de l'autre, cinq fausses portes sur le mur, en trompe-l'œil. Je me sentais vaguement inquiet dans cette prison-miniature, sans prisonniers ni geôliers ; je m'enhardis pourtant jusqu'à pousser un guichet : la première cellule était vide. Je m'y glissai : j'avais une prison pour mon usage personnel. La fenêtre est garnie (?) d'une grille. Sur la table, un flacon de verre brun, une cuiller. Sur un lit de camp, une soutane, un chapeau d'ecclésiastique... Une annotation à l'encre jaunie signale que le flacon a servi à porter le café au Père Gaubert à la prison de Mazas. En somme, c'était un musée d'un genre inaccoutumé.

Dehors, devant un bâtiment bas, tout en longueur, surmonté d'un clocheton, je lus sur une stèle blanche clouée à un balcon en bois :

26 MAI 1871. BALCON DE LA SALLE DU CONSEIL
OÙ L'ON DÉLIBÉRA SUR LE SORT DES VICTIMES.

Des enfants riaient près de là. L'endroit faisait penser à un couvent, un pensionnat, ou à un patronage. Je vis une autre stèle :

26 MAI 1871. MUR OÙ UNE VIVANDIÈRE DE 19 ANS DIRIGEANT SON REVOLVER SUR UN GARDE DE PARIS TUA UN PÈRE DE PICPUS QUI L'AVAIT COUVERT DE SON CORPS.

Sur la gauche, il y a un parc :

26 MAI 1871. ENTRÉE DU CENTRE OÙ LES OTAGES FURENT ACCULÉS PAR UNE FOULE FURIEUSE.

J'étais seul dans le plus grand calme. Quelques saules, un marronnier qui faisait sa deuxième floraison, des statues de prêtres expirants, des plates-bandes et, partout, des petites stèles blanches.

29 MAI 1871. PLACE OÙ APRÈS L'INVENTION DES CORPS REPOSA LE CORPS DU P. CAUBERT.

Celui dont j'avais visité la cellule. Une dizaine de stèles semblables, au hasard, une pour les Gardes de Paris, une pour les P. P. de Picpus, une pour le jeune abbé Seigneret...
Et puis, le mur sur quoi sont gravés cinquante noms.

26 MAI 1871. LIEU DU MASSACRE DES VICTIMES.

Un mur d'une grisaille tout ordinaire, on s'en approche en marchant sous une galerie...

27 MAI 1871. FOSSE OÙ FURENT JETÉS PÊLE-MÊLE LES CORPS DES VICTIMES.

En y regardant de plus près, on distingue des traces de projectiles, à la hauteur des têtes, et des cœurs. Je mis un doigt dans un de ces trous.

J'ai bien connu un des meurtriers. Il me sembla le voir commandant le feu à la foule furieuse, dans sa blouse blanche ; il me sembla voir aussi la jeune vivandière... La nuit tombait, des enfants accouraient en bande, ils s'apprêtaient à jouer une partie de basket-ball. Je m'en allai hâtivement, comme si j'eusse été un peu coupable de ce qui s'était passé là, les 24 et 26 mai 1871. Je n'étais pas encore né.

Une fois dans la rue, j'entrai boire un bock au *Bon Coin ;* la bière avait un goût amer.

Du mur de la rue Haxo au mur du Père-Lachaise, d'un charnier à l'autre, il n'y a pas loin, dans l'espace ni dans le temps. Un petit charnier et un grand, un prêté pour un rendu. Dent pour dent, œil pour œil. Depuis l'antiquité, cela doit faire un beau tas d'yeux et de dents.

D'un siècle à l'autre, il n'y a pas loin non plus. On fusillait des otages, on s'entretuait, il y a quatre ans à peine. Et que ce soit au chassepot ou à la mitraillette, les balles font de mêmes blessures, le plus souvent inguérissables.

Après quoi, je longeai le cimetière de Belleville. C'était une après-midi dédiée aux morts des XIXe et XXe arrondissements. Il me venait des pensées navrantes.

A quoi bon sortir du XIVe pour tomber dans un arrondissement plus ennuyeux encore ?

Sur un mur extérieur du cimetière, rue du Télégraphe, une plaque rappelle que c'est de cette éminence que Chappe, en 1793, annonça la victoire des armées de la République à l'aide de son télégraphe aérien, de Paris à Strasbourg.

Je repris ma promenade par la rue de la Chine, où fut exécuté sommairement le banquier Jecker, en mai 1871, peu de temps avant les otages de la rue Haxo.

Joli mois de mai. Décidément, je ne parvenais pas à me dépêtrer de l'Histoire ce jour-là. Soldats de l'An II, fédérés de la Commune... J'avançais dans la gloire, je pataugeais dans une boue sanglante. On voudrait être Suisse, par instants, ou Monégasque...

Mais, après cela, le paysage changea. Je m'engageai, à l'aveuglette, dans des rues descendantes, serpentantes, aux appellations champêtres... rue des Pavillons, rue du Soleil, rue de l'Ermitage, rue du Guignier, rue des Soupirs, rue des Rigoles, rue de la Mare, rue des Cascades... J'étais dans un village immense.

La plupart des maisons sont basses, décrépies, d'un blanc gris ; quelques-unes ont des allures de fermes. Derrière les murs, des arbres, de la verdure. Je marchais dans une paix naturelle. Des artisans travaillaient au milieu de la chaussée (il y a si peu de circulation...).

Au-dessus de plusieurs porches, je remarquai une même petite plaque de faïence :

MAISON SALUBRE
TOUT A L'EGOUT

On a l'impression de vivre cent ans plus tôt, tout simplement, avant l'invention du gaz, de l'électricité, du confort moderne.

Rue des Cascades, il y a un « boulodrome » : *La Boule des Cascades.* Je descendis des marches pour accéder à un jardinet où, sous des ombrages, des équipes se livraient à leur jeu. L'homme qui tenait la marque s'était assoupi devant son ardoise. J'appréciai à loisir la valeur de Gastounet, un « tireur » de mérite. *La Boule des Cascades* doit être le cercle des oisifs du quartier. J'ai déjà dit que j'eus quelques succès inespérés aux boules, naguère.

Puis, je déboulai la rue de Savies, le passage des Saint-Simoniens ; je m'égarai un peu ; je suivis la rue des Envierges... (je crois savoir ce que c'est qu'une vierge, je m'y suis activement employé, mais une envierge ?)... La rue du Borrégo, la rue de la Duée... (la duée, qu'est-ce que cela veut dire ?)

Et je tombai dans la rue Piat. Là, du haut d'un escalier de pierre qui descend parmi les terrains vagues et les murs éboulés, j'eus, dans une trouée, une apparition de Paris, depuis l'église de Ménilmontant jusqu'au Panthéon ; très différente de celle que j'ai de ma fenêtre ; un Paris de dos, sa doublure. Le soir commençait à se répandre doucement, le ciel devenait un peu sale, rien n'était plus bien précis.

Au bas de l'escalier, il y a une buvette qui s'appelle *Au repos de la montagne*. J'empruntai un second escalier qui me conduisit dans un passage. Cinq fillettes se tenaient assises en rang sur les degrés ; je dus les déranger.

J'étais revenu involontairement au passage Julien-Lacroix, à l'un de mes premiers domiciles, et même à mon premier domicile légal (l'Asile Maternel n'était qu'un abri momentané), c'est celui qui figure sur mon extrait de naissance.

Dans cet hôtel sans nom qui porte le numéro quatorze, je passai quelques années dont il ne me reste plus rien. C'est là que je goûtai à la vie. La pancarte n'a pas dû être remplacée depuis lors

CHAMBRES A LA JOURNÉE
A LA SEMAINE, AU MOIS

L'hôtel est à vendre. Le patron nous en expulsa tous trois, sans mot dire, en enlevant notre clef du tableau. Il pleuvait. Est-ce que les locataires continuent à s'adonner à la fabrication de la fausse monnaie? Probablement pas. Il y faut aujourd'hui de grands moyens.

A une fenètre, des tournesols mettaient une toute petite note jaune de gaîté. Beaucoup d'enfants pour qui je fais le souhait qu'ils puissent se sauver vivement de ce tunnel à ciel ouvert, avant qu'il ne soit trop tard.

En vérité, peu de transformations depuis que j'en suis parti. Une seule : le garage *Atomic* qui ne se trouvait certainement pas là de mon temps. Atomic? Qui eût su expliquer alors ce que cela signifie? Nous venons seulement de l'apprendre. Et d'ailleurs, il n'y avait même pas de garages lorsque je demeurais passage Julien-Lacroix.

Un modèle du genre, ce passage, pour les prémices d'histoires sordides semblables à celle-ci.

Et je me laissai entraîner dans la foule épaisse de la rue de Ménilmontant. Ces contre-marches me fatiguent toujours. Je rentrai chez moi avec plus de quarante ans dans les jambes.

Lorsque je lambinais ainsi, sur la fin d'une balade, ma mère me gourmandait :

« Allons, avance, cul-de-plomb », me disait-elle.

Je suis resté un peu cul-de-plomb.

XLIX

Il me plaît de me promener avec mon père dans Paris qu'il connaît mieux que moi. Nous sommes amoureux de la même ville. A nous deux, nous remontons loin dans le passé, nous avons plus de cent ans : cela nous fait doubles souvenirs.

Nous avions formé le projet de voir le canal Saint-Martin. Le XIVe est un arrondissement pittoresque, mais il n'y passe ni fleuve ni rivière ni canal, c'est un arrondissement aride, il faut dire ce qui est. Quelquefois, il nous prend l'envie de regarder de l'eau.

Quelle déconvenue! Le canal était vide, ou plutôt il ne contenait que de la boue. On réparait les écluses. Je me souvins alors que les journaux avaient relaté l'événement; j'ai le tort de ne pas lire attentivement les journaux. Nous suivîmes le quai de Valmy en nous amusant à inventorier les casseroles, les tuyaux de poêles, les lessiveuses, les roues de bicyclettes qui recouvraient le fond verdâtre.

Mon père laisse pousser sa moustache à la gauloise; elle est presque blanche comme ses cheveux. Il a une barre sur la poitrine qui l'oppresse, mais il ne s'en plaint pas. A son âge, j'aurai aussi la barre, en plus de mes bottes de glace. On dit que nous avons la même marche. Si j'avais une grosse moustache tombante, la ressemblance serait plus frappante.

Il s'était mis à pleuvoir. Arrivés au rond-point de la Villette, nous rebroussâmes chemin par le quai de Jemmapes, sur l'autre rive. Mon père m'avait auparavant montré l'endroit où il s'arrêtait pour nous embrasser, ma mère et moi, et pour reprendre souffle, avant de s'élancer de nouveau à la rencontre d'un acheteur de *Rapid'Sport*. Les quais sont bordés d'entrepôts, d'estaminets, de maisonnettes noircies. On ne croisait personne. Mon père me dit que l'on rencontrait des gigolettes par là, au temps de son adolescence. Il revoyait peut-être Nini Casque d'or...

On eût pu se croire dans un port envasé, désemparé, sans navires, sans marins, sans marchandises, sans pianos mécaniques, sans filles de joie... Mais où s'en sont-elles allées ? On aurait grand besoin d'elles, à présent, de leur joie. Et où sont parties les péniches ? Ont-elles des jambes ?

Nous avancions entre les reflets et les flaques, sur les pavés brillants. En passant devant un restaurant dénommé *Aux Trois-Portes* (cuisine soignée), mon père se rappela qu'il y avait déjeuné en compagnie de son ami Pétrus. Ils étaient jeunes tous deux ; ils n'avaient pu acquitter l'addition qui se montait à un franc soixante-dix au total ; ils avaient esquissé les mouvements d'une fuite par une fenêtre donnant sur une impasse (trois portes n'était-ce pas suffisant ?) ; le patron et les clients les avaient attrapés sans peine et remis aux agents après les avoir battus à coups de bâton sur la tête, et plus particulièrement sur les yeux. M. Molorgue ne se servait que de ses poings en pareil cas.

Ce repas « à la paire », partiellement réussi, se termina à la Santé. Ils avaient bien mangé quand même En parlant de cela, mon père était repris d'une grande colère ; il en voulait aux clients surtout. C'était pourtant une époque modeste : on dégustait à deux de la cuisine soignée, on emprisonnait, on assommait encore un homme pour un franc soixante-dix, on savait se distraire à bon compte. Et l'on avait une pierreuse pour presque rien.

Cette promenade en ligne droite finissait dans la maussaderie, ainsi que toutes les promenades d'automne.

Nous dépassâmes l'*Hôtel du Nord*, une sorte de square, un bâtiment pour les secours aux noyés, le pont tournant ; nous bûmes un verre à *La Chope des Singes ;* nous nous accoudâmes un moment au garde-fou de la passerelle en dos d'âne qui surplombe ce canal inutile qui va s'enfoncer dans un trou obscur. Ce n'est pas là-dedans que j'irais me noyer, j'aimerais mieux de l'eau courante qui me roulerait jusqu'à la mer. Des feuilles tombaient lentement comme pour ponctuer nos songeries. Tout allait se rouiller, peu à peu. Nous poursuivîmes notre route. Pour essayer de nous mettre en gaîté, nous décidâmes de nous offrir une portion de frites chez le petit marchand qui tient une échoppe à l'angle du Faubourg du Temple et de la rue de la Folie-Méricourt. Il y avait des portions à vingt, vingt-cinq et trente francs ; nous prîmes une portion moyenne : à vingt-cinq francs ; il y avait aussi des saucisses d'un beau rouge à quinze francs la pièce. Cinquante francs, cela représentait beaucoup de repas *Aux Trois-Portes*...

Les frites refroidirent très vite ; celles du desous du cornet manquaient de sel, et la graisse figeait au palais.

Nous cherchions une station de métro. Un arc-en-ciel s'ouvrit soudainement et l'air, les gens, les choses prirent une teinte de soufre. Mais mon père pensait encore aux coups qu'il avait reçus sur les yeux, quarante ans plus tôt, et moi à un ami qui avait habité l'*Hôtel du Nord* et qui est mort loin d'ici.

L

C'est parfois comme un besoin tardif de vacances qui me pousse à sortir de chez moi. J'ai eu, par exemple, le désir de voir l'autre jour la place du Danube. Pourquoi ? Je ne saurais le dire explicitement. Ce lieu m'invitait, à cause de son nom.

Je me rendis aux Buttes-Chaumont. Il faisait frais ; c'était la saison rousse ; il pleuvait des feuilles sèches qui craquaient sous la semelle. L'automne perdait ses feuilles.

Tous les bancs étaient occupés par des vieillards qui, à califourchon, jouaient aux cartes, à deux contre deux, avec le sérieux qu'à cet âge l'on apporte à toutes choses. Des spectateurs paraissaient s'intéresser aux péripéties des parties. Un clan, plus fortuné que les autres, possédait un joli tapis vert

Ils allaient devoir abandonner leurs bancs, plier bagage sous peu. L'hiver approchait. C'étaient les ultimes manilles, celles où l'on met le plus de passion à couper, à surcouper... Mais à quoi s'amusent-ils, pendant les grands froids, les petits vieux des Buttes-Chaumont ? Comment s'y prennent-ils pour tuer le temps ? Je leur donnai rendez-vous au printemps suivant, là, sur ces bancs. A ceux que le temps n'aurait pas tués.

Je bifurquai par la rue des Alouettes où naquit mon père. Au numéro 42, il y a maintenant des studios de cinéma. Pas d'alouettes non plus, elles se sont envolées.

Et j'atteignis, enfin, la place du Danube. Je dois avouer ma déception. C'est une place tout ordinaire. Il y passe peu de monde, du moins aux heures ouvrables (à croire qu'il en est d'autres dans quoi l'on ne peut pénétrer : des heures hermétiquement fermées). Oui, une place qui n'a rien de particulier, sinon, à gauche : un cinéma, à droite : un hôpital, et, au centre, sur un tertre, la statue d'une forte personne de la campagne qui avance pieds nus, en portant une gerbe de blé ; cela s'intitule : « En moisson ».

En y réfléchissant, je me demande ce que je m'attendais à trouver sur la place du Danube. Non pas un fleuve pourtant, ni de vastes espaces... N'empêche qu'elle était plus belle avant. Avant que je n'y mette le nez.

Par aubaine, après avoir quitté cette place trompeuse, je m'engageai dans de petites rues désertes aux noms anachroniques : rue de l'Égalité, rue de la Prévoyance, rue de la Liberté, rue de la Concorde, rue de la Solidarité... Ces villas faussement normandes, ces chalets vaguement helvétiques me donnaient un avant-goût de la cité future que l'on espère depuis si longtemps. C'était réconfortant (quelque peu embêtant aussi).

Je repris ma route, en touriste. Par la rue Compans, jusqu'à la place des Fêtes. Elle n'est pas gaie non plus. Aucun musicien dans le kiosque, aucune ménagère au marché. C'était un jour creux (la pluie se mit à tomber dedans).

...Rue de Palestine... rue des Solitaires... Je flânais dans la monotonie... Avenue Simon-Bolivar... Là, une sorte de vent se leva qui m'apportait une bouffée de mon passé ; je reconnus immédiatement son odeur : j'en profitai pour y grimper.

On y accède par un escalier aussi long qu'un calvaire (j'ai su jadis le nombre exact de marches). C'est une ville moderne en réduction, l'ancienne Butte Rouge, édifiée sur un plateau. Je retrouvai facilement la maison de la rue Edgar-Poe où je logeai, il y a une quinzaine d'années, après mes voyages. Elle est toute lézardée. Deux carreaux de ma fenêtre sont remplacés par des journaux. Dans cette chambre, j'achevai mon premier roman, il y a belle lurette.

Il y faisait froid déjà (le chauffage central fonctionnait mal). Mon père m'apportait tous les midis une petite gamelle en aluminium contenant un déjeuner et un dîner à peu près complets, par couches, que ma mère avait préparés. Mon père fit tout un hiver le chemin, ainsi chargé, de la rue Serpollet jusqu'à la rue Edgar-Poe. Je mettais la gamelle sur le radiateur pour la tenir au chaud.

Je ne comprends pas pourquoi je ne me suis pas jeté par cette fenêtre ; j'avais alors les meilleures raisons du monde de le faire : je traversais des étendues arides. Je ne serais pas tombé de bien haut.

Depuis j'ai écrit d'autres livres. Mon œuvre, comme on dit, augmente en volume... à mesure que mon avenir diminue. D'un côté, quelques bouquins de plus ; de l'autre, quelques lustres de moins : non, ce n'est pas une bonne opération. J'échangerais de plein gré cet amas de papier contre les années que j'ai données, poids pour poids. Mais on n'accepte pas les rendus.

Je m'en allai par l'escalier. Et mon excursion se termina, de façon confuse : la place du Combat a reçu un autre nom, la station de métro « Aubervilliers » est devenue « Stalingrad », en commémoration d'une grande bataille qui paraît bien lointaine. Les grandes batailles se suivent, un combat chasse l'autre, les hommes en meurent, l'Histoire seule s'enrichit et grossit.

La nuit tombait en même temps qu'un brouillard qui avait un arrière-goût de fumée. L'automne, sur son déclin, me porte à la mauvaise humeur.

Dans ma rue, il y avait de l'animation. Le marchand de couleurs me dit bonsoir au passage. Je me sentis moins solitaire. Il me parut qu'il faisait plus doux qu'à Belleville ; c'était une illusion.

LI

J'eus, en ce temps-là, une liaison à la mesure de ma condition et de ma personne.

Elle s'appelait Käthe, ou Ketty, ou Catherine. Il faut maintenant que je parle d'elle à l'imparfait, car elle est morte, assassinée. Elle avait un nom de famille funèbre d'avance, qui se prêtait à de mauvais jeux de mots : Grabscheid. *Grab* signifie *tombe*, *Scheid* veut dire *bêche*. Tout y était donc : le trou ainsi que la pelle pour le creuser. Il ne lui restait plus qu'à s'y mettre ; c'est fait. Il y a des noms lourds à porter, qui marquent l'intéressé au malheur dès la naissance — le contraire d'une amulette. Nul n'y peut rien. Catherine avait une destinée réglée onomastiquement ; c'était écrit à l'encre sur sa carte d'identité.

Catherine venait de Gratz, en Autriche. La France était encore un des centres du monde, vers 1925 ; les touristes y affluaient... Gay Périsse, rigoling, dégueuling... Les chômeurs y accouraient aussi, pour des raisons différentes. Catherine avait pu signer un contrat avec une société de soie artificielle : la *Viscose* de Grenoble. On faisait là une besogne assez insalubre ; c'est pourquoi l'on embauchait de la main-d'œuvre étrangère de préférence. Catherine put mettre rapidement de côté l'argent nécessaire à une brève escapade à Nice ; elle aimait les voyages. Elle avait vingt-cinq ans à peu près. Lorsque survint la grande crise, les métèques furent congédiés d'abord, naturellement. Catherine s'installa à Paris, où elle trouva à s'occuper dans une petite fabrique de lustres et d'abat-jour, quelque temps seulement, puis elle se fit inscrire au chômage. J'y arrivais moi aussi, justement, par d'autres voies. C'est dans la queue que nous nous rencontrâmes.

Elle logeait dans une chambre d'un hôtel de la rue d'Austerlitz, aux environs de la gare de Lyon, parmi une population de marchands ambulants arabes et chinois, de prostituées pour petits budgets ; elle vivait pauvrement, prenant peu de place et peu d'air de manière à n'avoir aucune difficulté avec le patron de l'hôtel ni avec la police des garnis, ni avec qui que ce fût.

Nos relations irrégulières s'étirent sur plusieurs mois de misère pour elle et pour moi, pour bien d'autres aussi : années de faible conjoncture économique.

Elle était d'une laideur accomplie, elle avait un long nez pendant, elle marchait avec peine comme si elle eût toujours porté des chaussures trop étroites. Elle était mal fagotée. Mais elle avait une très belle chevelure d'un brun rouge, presque du cuivre, auburn, opulente, car il n'existe pas de disgrâce complète. Elle était d'une parfaite propreté bien qu'elle ne disposât que d'une minuscule cuvette de faïence en forme de saladier pour tous usages : toilette, vaisselle, lessive... Elle avait un penchant pour l'eau et pour la savonnée, de même que ma mère, de même que certaines femmes ont la passion du luxe.

Elle se complaisait en des évocations de son pays

natal, de Vienne ; elle en parlait comme d'une ville d'opérette et de cinéma. Une ville de décors en carton-pâte qui n'eût été peuplée que de sveltes lieutenants à brandebourgs et à épaulettes, entraînant sur un air de valses sans fin de vaporeuses demoiselles vêtues d'organdi et de soie non artificielle, et Catherine elle-même était enlevée par un brillant cavalier en dépit de ses pieds malfichus. Le Ring, le Prater, Grinzing..., elle m'en entretint bien souvent... la capiteuse capitale où l'on ne faisait que chanter, boire, rire... Strauss, strass... Et sur tout cela flottait, tel un nuage protecteur, l'incomparable barbe de François-Joseph.

Vint la guerre ; les Allemands entrèrent à Paris. Catherine ne déménagea point pour cela de l'*Hôtel de la Paix* où elle se jugeait hors d'atteinte. On découvrit bientôt qu'elle était demi-juive et on lui donna l'étoile jaune, pour commencer. Une étoile tout entière, non pas une demi-étoile.

Sa mère qui était restée à Gratz fut déportée la première. Catherine tâchait de ne pas perdre contenance ; elle s'ingéniait à dissimuler l'étoile sous son faux renard : quant à son nez, elle n'y pouvait rien changer. Et puis, un matin, ce fut son tour d'aller au *Vel'd'Hiv* escortée de deux braves sergents de ville. De là, elle partit en direction approximative de l'Autriche, son pays. Un voyage mortel, le dernier. Ensuite, sa trace se perd.

Que lui est-il advenu ? Où est-elle morte ? Quand ? Et comment ? Ils l'ont marquée dans sa peau, ils l'ont brutalisée. A-t-elle résisté longtemps ? Je le crois. Elle avait envie de continuer à vivre, malgré tout. A-t-elle été abattue sur une route d'Allemagne avec d'autres traînardes ? Elle avait toujours été une piètre marcheuse. A-t-elle été achevée à coups de pied, comme une bête nuisible? Ou d'une balle dans sa nuque, sous ses cheveux? Ses cheveux sentaient la forêt sauvage, je m'en souviens. L'ont-ils asphyxiée, comme un chien perdu? L'ont-ils brûlée vive, comme une sainte? Le feu a grésillé sa chair; ses cheveux ont dû faire une vive fulguration; tout ce qui est combustible a été consumé. Elle s'est éteinte. Ils l'ont anéantie. Elle a disparu en fumée, au vent. Il ne reste plus rien d'elle. Ses cendres ont retombé. Elle n'a même pas eu la tombe qui lui était promise. On lui a menti du commencement jusqu'à la fin.

Pourtant, je l'ai entrevue en rêve, dernièrement : elle était plus grande qu'avant, elle me parut embellie avec l'âge, bien qu'elle fût un peu floue; elle avait une sorte de couronne sur la tête, comme si elle fût devenue reine quelque part...

Nous avions quatre ou cinq ans de différence à mon désavantage. Et maintenant que faut-il dire?

Il me semble aujourd'hui que j'ai le devoir de parler d'elle, parce que je l'ai connue, parce que je suis un des seuls témoins de ses faits et gestes. Qui sait encore qu'elle a vécu? Elle n'a plus de famille, plus personne au monde que moi. On pourrait croire qu'elle n'a jamais existé. Elle avait, de son vivant, des allures de fantôme.

Elle m'a aimé probablement, à sa manière peu exigeante. Il est possible qu'elle ait pensé à moi au moment de l'agonie. Et il me vient des repentirs. Elle n'était pas riche en grandes heures. Il se peut même qu'elle n'ait eu en fait de joies que celles que je lui dispensais avec quelque dégoût ou bien qu'elle me dérobait. Elle savait se contenter de ce qui lui tombait à portée de la main. Un tout petit plaisir devient grand avec le temps qui est comme une eau fraîche, et comme un engrais ; voilà qu'il pousse, qu'il s'enjolive ; de même que ces modestes placements à intérêts composés finissent par former un capital, ainsi que nous l'avons appris à l'école : un petit sou devient un gros million au bout de la vie.

Oui, c'est peut-être mon nom qu'elle a crié à tue-tête la dernière fois qu'elle a ouvert la bouche, en griffant un mur, ou en serrant une poignée de terre. C'est peut-être ma main qu'elle eût voulu saisir pour se retenir, pour ne pas s'affaisser. Si je m'abuse, qui me le dira ? A-t-elle appelé quelqu'un ? Ou bien n'a-t-elle gémi qu'un son inarticulé ? Deux, trois mesures d'une valse de Vienne ?

Je me fais des reproches. Il est trop tard : je ne peux plus rien pour elle. J'aurais pu la voir davantage ; j'aurais dû être plus secourable envers elle. Tandis que j'évitais de la rencontrer parce que j'avais honte de sa tournure un peu ridicule, de ses gants et de ses bas reprisés, de son accent germanique. Je lui donnais des rendez-vous à intervalles espacés, et la nuit seulement, dans des rues peu passantes : la place Daumesnil, les Buttes-Chaumont ou l'esplanade des Invalides, ou en banlieue... Nous allions nous perdre au cinéma. C'est elle qui payait les deux billets et même quelquefois une limonade à l'entr'acte. Elle se privait pendant plusieurs jours pour faire face aux dépenses de cette espèce de fête, car elle n'avait d'autre ressource que son allocation quotidienne, de huit ou de dix francs. J'y pense maintenant... quel piteux souteneur j'étais. Il lui arrivait aussi de me faire cadeau d'un paquet de cigarettes. Tout cela humblement ; elle avait l'air de devoir quelque chose à chacun.

Nous roulions par les rues. A la dernière minute, je me décidais à chipoter nerveusement sous sa robe et sa combinaison, contre une porte cochère ou un bec de gaz. Pourquoi ne l'ai-je pas fait plus souvent? Elle était contente d'avoir de l'amour (il n'y a pas d'autre mot, pour le meilleur ou le pire), comme toutes les femmes. Et moi, je payais ainsi ma quote-part des frais de la soirée. J'étais pauvre, mais elle l'était encore plus que moi.

Elle a dû resonger là-bas, je ne sais où, à nos pérégrinations nocturnes dans ces quartiers dépeuplés, j'en suis sûr.

Catherine s'efforçait de suppléer à son manque de dons naturels par une inépuisable complaisance ; elle se croyait tenue de faire plus et mieux que les autres en toutes choses ; elle se savait laide, étrangère au surplus ; elle se donnait beaucoup de mal pour paraître voluptueuse, elle se fatiguait ; elle avait quelques théories sur l'amour :

« Tout est permis, disait-elle, quand on s'aime. »

Ou bien elle me proposait de faire « tout ce que je voulais », or, je ne voulais rien, décidément.

Un soir pourtant, je l'emmenai dans ma chambre de la rue Edgar-Poe. Elle se dévêtit et se mit nue sur le divan-lit, les jambes écartées ; elle ne se faisait point prier ; je n'étais pas très en train ; elle prit la lampe de chevet qu'elle posa sur son ventre. C'était une lampe de bois pyrogravé, il y avait dessus des dragons noirs à longue queue. Le sexe de Catherine était en pleine lumière, ouvert pour un baiser. La plus belle fille du monde... Elle me dit :

« Regarde! »

Je regardai et j'oubliai pour un temps son visage qui était dans l'ombre et qu'elle couvrait encore de la main. Je n'aurais pu d'ailleurs repousser ce présent. Je fermai les yeux. Pour une fois, nous fûmes presque deux amoureux quelque peu pervertis. Elle avait réussi à me mettre en appétit, j'ai tant mangé, tant bu, que j'en avais la figure et le cœur barbouillés.

Je suppose qu'elle couchait avec tout le monde, c'est-à-dire chaque fois que la chance s'offrait. Mon père lui fit la cour. Elle se dépêchait de jouir, elle mettait les bouchées doubles comme quelqu'un qui voudrait accumuler des réserves. Je l'approuve à cette heure. Il eût fallu la gâter, la combler, satisfaire à chacun de ses désirs, ainsi qu'on le fait pour les enfants de santé délicate, et que l'on sait condamnés. Catherine l'était.

Désormais, tout est devenu inutile à son endroit, même cette épitaphe que j'écris sur le vide. C'est à tout cela que je pensais en marchant dans les allées des Buttes-Chaumont parmi les squelettes de chaises durant une interminable course crépusculaire.

LII

Je mets de l'ordre dans mes affaires, je tiens à revoir de plus près mes années, une à une, comme on se plaît à relire certains livres.

La rue Marthe a été débaptisée un dimanche. J'ai voulu être présent à cette solennité ; cela me concernait un peu : j'ai habité rue Marthe, avant la guerre, un atelier aux dimensions de hangar, avec Reine. La rue Marthe est devenue la rue Georges-Pitard. Reine est morte.

Il n'y a qu'un saut à faire, du XIVe au XVe, par la rue Pernety, la rue de Gergovie qui descend, je passe sous le pont aux Bœufs, un train roule, j'arrive rue Marthe... Dix ans de perdus, dix ans de retrouvés. C'est ainsi que l'on mesure le mieux son existence : pas à pas.

Il n'y avait pas grand monde. Hommes en casquettes, femmes en cheveux, des drapeaux, des banderoles, des jeunes filles portant des gerbes de fleurs. Les orateurs se succédaient à la tribune que l'on avait dressée au carrefour, contre la devanture du bureau de tabac de l'Industrie où je me fournissais. La nouvelle plaque indicatrice était couverte d'une soie tricolore ; l'autre n'était pas encore barrée.

Je connais bien ce carrefour : l'*Hôtel du Moulin*, les *Caves Économiques de France*, l'épicerie, les bains-douches municipaux... Je fus un client fidèle des bains-douches ; cela coûtait, je crois, cinquante centimes, sans la serviette. Il était défendu de rester plus de dix minutes dans la cabine. « Pourboire formellement interdit », lisait-on sur les murs. N'empêche que le garçon avait une façon bien singulière d'ouvrir la main pour prendre votre ticket. L'établissement était tout blanc. Je me rappelle la caissière, pâle et molle, comme si elle eût été sur le point de fondre, dans cet air surchauffé. Une fois enfermé, je ne pouvais me défendre de divaguer sur cette femme de saindoux, bien désirable. Les vapeurs de savon de Marseille, d'étuve, de linge sale me travaillaient un peu la tête. On ne payait pas de supplément pour les visions. Le samedi qui était notre jour, il y avait une telle foule que le règlement se trouvait enfreint : on mélangeait les sexes, par nécessité.

Une fille chantait. On l'imaginait sous la douche, l'eau ruisselait sur sa petite poitrine, on suivait ses mouvements. « Allons, pressons ! » criait le garçon. Bon. Ou bien deux filles échangeaient des propos d'un cagibi à l'autre : « C'est chaud, chez toi ? » On entendait des tapes sur la peau. « Où en es-tu ? » — « Je mets mes bas, répondait la copine, j'enfile ma culotte. » — « Pressons, pressons ! » répétait le garçon. Mais on ne se voyait jamais.

Le gérant des *Caves Économiques* portait une blouse grise et un béret basque ; l'épicier avait la même tenue. Cet épicier avait accroché une ardoise à sa porte :

LAPINS VIVANTS, ON TUE SUR COMMANDE

On ne tuait encore que des lapins vivants, mais les envies de carnage étaient déjà dans l'air ; on a tué depuis des millions d'hommes et de femmes vivants et d'enfants. Bien des fois, l'ardoise du carrefour m'est revenue à la mémoire. L'épicier m'était antipathique.

C'est une rue qui ne compte qu'une quinzaine de maisons d'un côté, autant de l'autre. Des pavillons, des baraques, des cours, des potagers, tout comme en banlieue. Elle est parallèle à la voie du chemin de fer. Un garage, deux matelassiers, un rempailleur de chaises, un ébéniste, un mouleur, une fruitière, un marchand de charbon. Rien que des artisans, des petits boutiquiers. Tout au bout, le Frigorifique d'où se dégagent, en été, de fortes exhalaisons de viandes pourrissantes.

Les enfants peuvent s'ébattre sans crainte sur la chaussée : les camions ne passent pas par là. Autrefois, à certaines heures, on voyait défiler de grandes troupes fatiguées de chevaux arabes, en route pour les abattoirs de Vaugirard, sous les injures. C'était un divertissement de plus pour les gosses.

Il faisait bon au soleil, il y avait un redoux ces jours-là. Un monsieur barbu discourait. On percevait mal ses paroles ; je n'ai retenu qu'une seule phrase : « Qui a collaboré doit payer, qui a trahi doit mourir ».

L'atmosphère de la rue incite les gens à la cruauté.

Les Allemands ont exécuté Georges Pitard un matin de septembre, en 1941, au Mont-Valérien, en compagnie d'autres otages, douze en tout. Ils fusillaient à la douzaine. Le temps était venu de tuer sur commande.

Georges Pitard a maintenant sa rue ; ça lui fait une belle âme.

Je m'étais écarté de la foule. Un homme venait à ma rencontre, en tirant une voiture à bras. Il me dévisagea, puis il s'arrêta et me tendit sa main noire sans quitter les brancards :

« Alors, vous ne me reconnaissez plus ? »

Mais si, c'était mon marchand de charbon.

« J'ai changé, hein ? J'ai maigri de quarante kilos. »

Il était maigre, voûté, diminué, méconnaissable ; en effet, il avait changé, sauf, peut-être, son regard et son chic de mettre la casquette de travers, visière à droite, et aussi ce vêtement de tissu noir luisant, de la marque *Vulcain*, qu'utilisent tous les bougnats de Paris, et aussi ces émanations de poussier qui venaient de sa personne, et cet accent d'Auvergne. J'avais laissé un beau géant sombre qui jouait avec les sacs de cinquante kilos en montant l'escalier d'un pas régulier...

« Bonjour, chef ! », disait-il en entrant chez nous.

Il avait pris la manie de m'appeler : chef, affectueusement. On causait sans qu'il se pressât de se décharger. Il avait jaugé notre voisin ; il médisait un peu de lui :

« Un particulier qui ne brûle qu'un sac par semaine. »

Moi, je lui achetais le plus d'anthracite que je pouvais ; je faisais l'impossible pour garder son estime. Il me remettait régulièrement une petite facture maculée, illisible, et majorée de cinquante centimes par sac et par étage, suivant l'usage.

Nous avions pourtant froid, rue Marthe.

« Vous avez grossi, vous. »

M'adressait-il un reproche ? J'étais embarrassé. Il me sembla que je lui devais des explications.

« J'ai été prisonnier, dis-je à tout hasard.

— Moi, on m'a enlevé l'estomac, je n'ai plus rien, ça va directement du tube digestif dans l'intestin. »

Mais il fallait que je m'en aille. Chacun a ses petits ennuis.

« Au revoir, le bonjour à votre dame. Elle va bien, votre dame?

— Je n'ai plus de dame. »

C'était également un dimanche matin. Mes parents avaient apporté une demi-tête de veau que Reine mit à cuire dans sa plus grande casserole. Ma mère avait précisé que la tête de veau nécessite une longue cuisson. A la vinaigrette, c'est délectable. Reine fut prise brusquement de douleurs. Elle s'assit en laissant pendre ses cheveux noirs sur sa figure. Nous la couchâmes. Et elle commença à perdre son sang. Aucun de nous ne toucha à la tête de veau. Notre séparation date de ce moment. Reine était déjà un peu partie. Le médecin ne vint que dans la soirée. Il avait passé son dimanche à la campagne. Ma mère et moi veillâmes toute la nuit. Le lendemain, l'ambulance nous emmena à l'hôpital de la rue de Vaugirard. Pour descendre l'escalier, nous avions placé Reine sur une chaise. C'était un escalier raide qu'elle ne remonta plus jamais.

L'infirmière en chef me demanda

« Est-ce qu'elle a des dents? »

Bien sûr qu'elle en avait; de très belles. Et des yeux verts, et des cheveux épais comme la nuit. Elle était grande.

« Je vous demande si elle a un râtelier », dit l'infirmière sur un ton agacé.

On emporta Reine à la salle d'opération. Avant de m'en aller, je lus une notice fixée au mur :

Il est laissé un drap marqué AMPHI qui ne doit en aucun cas servir au change des malades. Il est réservé aux décès.

Je fus autorisé à revenir le soir. En attendant l'heure, je tournai autour des bâtiments. Le temps était devenu pâteux et pesant, je n'avançais plus. Sur le derrière, je remarquai la porte de la morgue.

Quand je la revis, elle était déjà entre deux planches. Elle ne savait pas qui j'étais. Les globes de ses yeux étaient vides, concaves. Elle avait une expression grave et nouvelle pour moi. Vers la fin, elle souleva un de ses doigts pour montrer qu'elle n'ignorait pas ma présence.

En rentrant chez nous, je pleurai. Je suivais des rues peu fréquentées, comme faites pour cela. A l'atelier, je pus me permettre de sangloter. Notre voisin était un vieux peintre un peu fou.

Pendant quelques jours, j'allai à la visite. A partir de l'entrée, il y avait une allée que je montais en courant pour être dans les premiers.

Il y eut une rechute.

Et, une fois, je vis de loin que la fenêtre de la chambre était ouverte. Je galopai... le lit était vide. Elle avait perdu trop de sang. On dut enrouler le drap marqué AMPHI autour de son corps. Le corbillard est sorti par la porte de la morgue sur le derrière.

Je me souviens du temps où elle était toute chaude.

Elle avait éprouvé les premières douleurs dans un cinéma de la même rue de Vaugirard. Il fallut partir au milieu du grand film. Elle aimait le cinéma presque autant que la vie.

Nous nous étions vus une seule fois, peu avant mon départ pour le Portugal. Je rêvai d'elle dans le train qui parcourait lentement la Vieille Castille ; je m'étais endormi, un jeune paysan était allongé sur l'autre banquette. Nous avions partagé un mauvais « chorizo » après Medina del Campo. A mon retour, deux ans plus tard, je téléphonai à Reine de la cabine publique d'un bureau de poste de la place du Combat. Elle demeurait dans le XIVe (presque tout s'est passé là) ; elle m'invita à venir chez elle comme si elle m'eût aussi attendu. Lorsque je sonnai à sa porte, elle jouait au piano l'*Humoresque* de Dvoràk, elle ne m'entendit pas. Je restai sur le palier jusqu'à la fin du morceau. Nous nous embrassâmes tout de suite et cela dura deux jours et deux nuits. J'avais très soif. Les grands rideaux de tulle blanc volaient, volaient au vent de l'été. Vogue la galère, nous partions...

J'étais très mal en point ; elle me guérit de toutes mes maladies.

Ainsi, mon bougnat ne l'avait pas oubliée non plus.

A moi, cela me fit bien plaisir de rencontrer un vieil ami. Il avait paru, de son côté, heureux de me revoir. Pourtant, il ne me dit pas comme avant : « Salut, chef ! » Comment s'y prend-il à présent pour coltiner ses sacs ?

Les assistants se dispersaient, des employés démontaient déjà la tribune, les personnalités s'en allaient en auto, il était midi passé, j'avais faim. Est-ce que l'on a faim quand on n'a plus d'estomac ?

Rien ne demeurait plus que des fleurs en tas au-dessous des deux plaques, la neuve portant le nom d'un héros national, et l'autre un prénom féminin, simple, court, gentil, sans grande signification peut-être, mais il allait bien à cette petite rue. Pour moi, c'est encore la rue Marthe.

J'avais regagné une dizaine d'années. On change, on grossit, on vieillit. on maigrit. Plus d'anthracite à volonté, plus de douches dans les prix doux... Plus de Reine. Jusqu'aux rues que l'on démarque. On finira par se fourvoyer dans son propre quartier comme dans ses souvenirs.

LIII

J'ai été d'un arrondissement à l'autre en quête de moi-même, à Belleville, à Ménilmontant, à Grenelle; j'ai poussé jusqu'en banlieue; j'ai achevé à peu près le tour de mon passé; je suis allé aussi dans les quartiers élégants : à Passy, aux Champs-Elysées; j'ai revu le *Buckingham-Palace*...

Je sors si peu que je me sens désorienté dans les régions d'outre-Seine. Il me semble que je me suis expatrié, que les gens que je côtoie ne parlent pas ma langue; ils sont vêtus différemment, les autos, les femmes sont plus belles, les magasins plus brillants, ils n'ont rien de commun avec la petite boutique de Mme Avril. Oui, c'est très différent. J'ai l'impression d'être en reconnaissance derrière les lignes ennemies, et que le premier venu pourrait me démasquer (en vérité, je ne me sens nulle part tout à fait chez moi). J'ai été rue de la Paix, place Victor-Hugo (il est parti)... Le Trocadéro n'est plus le même. La rue de Villejust a été également débaptisée, elle s'appelle Paul-Valéry. J'ai été sur les Grands Boulevards... D'un coin de la rue Laffitte, on voit le Sacré-Cœur sur la Trinité. Je me trouvais sur les Grands Boulevards une fin d'après-midi du mois de mai 1945, le jour V. J'ai été saluer le bureau de tabac de la rue du Temple, de la part de Raymonde, de Mosquitos, qui ne peut le faire. J'ai accompagné la Seine, à pied. J'ai coulé dans les grandes artères, dans le sang de Paris.

Je suis allé aussi aux Ternes où j'ai mangé mes bonnes années, avant ma chute dans la fosse du garage, quand on m'appelait le « Costaud des Ternes » en souriant, quand mes parents me gavaient de « petits cadorets » dans l'intention de se faire rendre de la bonne monnaie contre les fausses pièces que nous fabriquions.

Le cheval empaillé, grandeur nature, du sellier du boulevard de Courcelles tient bon, en dépit de la concurrence de l'automobile. Il est toujours aussi fringant, il m'impressionne encore, il ressemble à Gamin.

Boulevard de Courcelles, j'eus une aventure d'une heure, à dix-huit ans, avec une jeune crémière que j'avais conquise à l'*Univers*, le café-concert de l'avenue de Wagram. Je l'attendis longtemps devant cette boutique de produits alimentaires de premier choix; elle ne vint pas. C'est à l'*Univers* que Biscot débuta.

Qu'est-ce que je cherche dans ces rues? Qu'est-ce que je cherchais alors? J'étais beau, mais je ne le savais pas. On me le dit trop tard. J'étais mal habillé, à la mode d'alors; j'étais maigre, pâle, assez romantique et lunaire d'allures. Je suis mieux vêtu, plus simplement, plus confortablement; je suis aussi pâle, je n'ai pas davantage de sang dans les veines, je marche avec un peu plus d'assurance, mais c'est seulement parce que je suis plus lourd. J'engraisse d'un kilo par an. J'ai cessé de suivre les crémières. Où suis-je arrivé, en fin de compte? Est-ce que j'ai l'air d'un vieux marcheur, d'un vieux beau?

Dans le même temps, à peu près, j'allais à l'église russe de la rue Daru car j'étais épris d'une comtesse caucasienne qui m'apprenait l'alphabet cyrillique, le soir, chez elle, devant une tasse de thé. Pour elle, je me serais converti à la religion orthodoxe.

J'aurais su dire : *Ia tibia loublou...*

J'ai revu le café de l'avenue Hoche où je passais des nuits à suivre les parties de poker ou de billard auxquelles mon ami Raymond participait. Je me promettais de lui emprunter quelques francs s'il gagnait. Mais je n'osais jamais le faire.

Si je rencontrais aujourd'hui ma petite crémière, je ne la reconnaîtrais pas. Ce doit être une femme respectable. J'ai mis beaucoup de temps à devenir un monsieur.

Et Carmen? C'est sûrement une très vieille dame. Pense-t-elle aux *Cadets de Souza*, cette marche militaire entraînante, sur quoi nous nous contorsionnions lubriquement?

J'ai repassé devant l'*Économie Ménagère*. Le bazar est maintenant un grand magasin modern'style, où l'on ne trouverait probablement plus de « sabots » ni de fouets, comme du temps, où, malfaiteur en herbe, je contemplais les vitrines, vêtu d'un caban de marin.

Devant le *Bar de l'Avenir* où je vis, une fois, un terrassier terrassé, le visage peinturluré à la grenadine. Chartier a été remplacé par un « Uniprix ». Où vont les gens qui veulent s'offrir un vol-au-vent financière, le dimanche?

Devant la maison de la rue Saint-Ferdinand (en face de l'école de garçons) où j'allais rejoindre Marie-Louise, au sixième étage, en me cachant de la concierge.

Il n'y a plus aucune personne de connaissance dans

la rue des Acacias. L'Italien à barbe blanche est parti ; en tout cas, il n'y a plus de sacs de haricots rouges et blancs à sa porte. D'ailleurs, cela ne m'amuserait plus de jouer avec, bien que je n'aie pas encore compris par quel stratagème mon père les faisait changer de place durant la nuit. C'était peut-être par suggestion, à la manière du professeur Marcel... hypnotisme, mystère, gaîté... En ce temps-là, je ne demandais qu'à croire tout ce que l'on me disait. Le garage est ouvert. Mais ce sont des autos quelconques qui entrent et sortent, au lieu des fastueuses victorias du prince Orloff ou de Mary Garden. On n'y fabrique plus un bel aéroplane, pièce à pièce... M. Molorgue, le patron du bar doit s'être retiré dans son pays, il doit se rappeler un vigoureux cabaretier qui, manches retroussées, moustaches en crocs, distribuait la justice à coups de pied aux fesses des mauvais payeurs.

La sombre putain du coin n'est plus là, celle qui sentait si bon. Est-elle morte ? Où exerce-t-elle son métier ? Au ciel ? Quand je passe par là, j'ai quelquefois l'impression qu'elle a marqué sa silhouette surannée sur le rideau de fer, comme une décalcomanie. Celle qui me répétait :

« Tu viens, mon p'tit chéri ? »

A présent, lorsque je me sens délaissé, je vais dans une ruelle, près du boulevard de Sébastopol, rue Guérin-Boisseau, rien que pour m'entendre appeler : « mon p'tit chéri » ou : « mon gros lapin », par l'une ou l'autre des poufiasses qui stationnent là, à toute heure. Elles me disent aussi :

« Tu viens ? »

Je continue ma route, mais je suis moins malheureux au fond ; quelqu'un m'a enfin aperçu, j'existe pour quelqu'un, je ne suis pas tout à fait seul au monde.

L'alignement de la rue des Acacias n'est pas encore réalisé. Le sera-t-il jamais? On a démoli des bâtisses à la place desquelles poussent de hautes herbes folles dans des terrains vagues; c'est dans ces espaces vides que nichent les vieux souvenirs. Notre maison est encore debout, mais les remises de *l'Urbaine et la Seine* sont abattues. L'*Hôtel de Cambridge* est dégagé. Séraphine et moi y avons logé. La locataire de la chambre voisine, une Russe aux yeux cernés, hurlait toutes les nuits, d'amour ou de douleur, on ne l'a jamais su.

Le Ballon de la Défense a été fondu, le Franc-Tireur aussi. Tout comme Victor Hugo, tout comme Émile Zola, ils ont servi à faire des canons allemands. Qui eût pu se figurer qu'ils auraient une telle fin?

LIV

Un après-midi d'été, j'allai à Longchamp avec mon père. Il y avait presque vingt ans que je n'avais pas fait ce chemin. Le tramway du Val-d'Or est mis au rancart. J'étais un peu curieux de voir ce que j'allais faire. Étais-je vraiment assagi ?

D'abord, je me sentis dépaysé : Benjamin n'était plus là sous son parasol rouge. Bon-Bon non plus, ni Léon, plus de tartines au pâté de foie; les journaux hippiques ont changé de titres : plus de *Veine* ni de *Paris-Sport*, la mise est passée de cinq à cinquante francs. Mais les marchands de tuyaux promettent la même fortune. On boit le même coco glacé. La poussière est aussi la même. Peu à peu, je me retrouvai chez moi parmi la foule de braillards. Il me faudrait quelques jours seulement pour flamber comme avant. Mais aurai-je le courage de recommencer à mettre le tout sur le tout ?

Mon père, lui, n'a jamais renoncé aux courses. Il est resté très jeune de caractère. Après avoir essayé diverses méthodes, il suit maintenant les pronostics de *Combat :* « Un gagnant par jour », en martingalant. Il joue d'ailleurs de façon assez abstraite et désintéressée; il prétend qu'il n'a plus que cela dans la vie.

Il n'a pas non plus entièrement renoncé à un système qui consiste à bavarder sans cesse avec les commerçants quand il fait ses emplettes domestiques; il pérore avec éloquence sur n'importe quoi — c'est un beau parleur — dans le but d'étourdir un peu le marchand, ce qui a souvent pour effet de brouiller les chiffres. Il est certain qu'il rentre quelquefois à la maison avec plus d'argent qu'il n'en a reçu de ma mère. Ces ristournes reviennent à mon père qui les place aussitôt sur un cheval de son choix.

Dans le Grand Prix de Paris, je misai sur « Prince Chevalier »; ce fut « Souverain » qui gagna. Mon père perdait de son côté. Avant la fin de la réunion, nous étions sans le sou. Et nous partîmes à pied par des pistes qui m'étaient demeurées familières, à travers ce Bois de Boulogne où j'avais trouvé l'amour contre un sandwich au jambon.

Je me sentais bien las. A quoi sert de tant marcher pour ne pas avancer? Je crois que mon père me dit encore que l'on est venu au monde tout nu et que le reste est du bénéfice.

Nous rentrâmes ensemble rue Serpollet, comme si rien ne s'était passé. La masure résiste encore. C'est comme un camp retranché de misère dans ce quartier de bonne apparence. Un « hérisson ». Elle tombe lentement en ruine; elle se ride, elle se crevasse avec mes parents qui n'ont jamais pu se tirer de là. Les marches de l'escalier se creusent, la rampe se descelle. Il y a un crachat qu'il me semble avoir toujours vu à la même place dans le corridor obscur. La porte des cabinets ne tient plus que par une charnière, il faut éviter d'y toucher : elle dégringolerait. Mais tout cela durera bien encore quelque temps : les locataires sont vieux, la concierge aussi. Serpollet, lui-même, est bien dépassé : Paris-Saint-Germain-en-Laye, en tricycle à vapeur, cela prête à rire aujourd'hui.....

L'acacia de la cour est plus haut que le toit. Il ne donne presque plus de feuilles.

Mon père a gardé son inclination pour les occupations saisonnières, intérimaires, qui ne portent pas longtemps atteinte à sa liberté. Je lui en connais deux : dans les mois en « r », il livre des huîtres, à Passy; au printemps de chaque année, il est embauché, pour deux semaines, à la Foire de Paris : il a la charge du balayage et des poussières dans un stand colonial où il s'est fait quelques relations. Dans les intervalles, il se repose, il pense. Sa grande idée est l'élevage du lapin, de façon rationnelle. Il étudie un petit manuel pratique. Mais cela aussi est un peu abstrait.

En outre, la mairie fait maintenant appel à son concours pour la mise sous enveloppes des bulletins de vote que l'on expédie au domicile des électeurs. Là encore, il fait de la bonne besogne : il met aux ordures les bulletins des partis de droite. Il demeurera jusqu'au bout en situation de révolution permanente (à titre privé).

Tout cela vient s'ajouter à sa retraite de vieux travailleur qu'il a obtenue par je ne sais quel artifice

Ma mère ne va pas bien. Elle garde presque toujours le lit. Mais elle continue à se soucier de mes rhumes. Elle dit en manière de blague : « Je partirai debout ». Car l'escalier est si étroit qu'un cercueil n'y passe pas autrement. Elle a vu descendre ainsi la plupart de ses anciennes amies.

Elle voudrait pouvoir me tricoter des écharpes de fantaisie comme celle que j'ai perdue au *Demours-Palace*, ou des chaussettes. Elle me tire les cartes une fois par semaine, le vendredi de préférence (c'est le jour fatidique) : elles sont bonnes. Je sors régulièrement le neuf de cœur qui est, comme on le sait, le triomphe sur les ennuis. Le triomphe, c'est peut-être excessif, mais je crois qu'effectivement tout s'arrange pour moi.

Dans les cartes aussi j'ai changé : je suis le roi de trèfle, un homme de savoir et de grande sagacité, au lieu du valet, un jeune homme galant auprès des dames, adroit, persistant, employant tous les moyens pour arriver à son but. Ces définitions sont de Mlle Lenormand.

Oui, tant que j'aurai ma mère, tout ira bien. Mais après, j'entrerai dans un monde plus froid.

Ils sont blancs de cheveux tous deux. Moi, je suis déjà gris.

Lorsque nous sommes revenus des courses, ma mère fit à mon père les mêmes reproches qu'avant. Et mon père, les mêmes réponses confuses.

C'était aussi le soir de Bikini. Pendant que nous écoutions la radio, ma mère eut une crise. J'allai appeler le médecin. Il faisait nuit. Je cherchais des signes dans le ciel.

Un dimanche de Grand Prix qui se terminait mal : la bombe atomique explosait à Bikini... Nous avons vu ensuite au cinéma l'éclosion d'un gros champignon vénéneux... Naguère, on se suffisait d'une petite machine infernale contre un monarque en visite. L'engin n'atteignait pas son but. Et tout le monde était content.

LV

Mieux vaut, je crois, cesser ces promenades dans le passé. Je n'en finirais pas. Mieux vaut rester chez soi, dans son quartier, et regarder vivre les autres. Arpenter sa vie à reculons, c'est esquintant ; c'est si long une vie à pied. Et puis, on peut tout aussi bien revivre à la maison.

Voilà, je suis heureux d'avoir eu le temps de raconter cette histoire. On trouvera peut-être qu'elle est décousue, fragmentaire, mais j'ai déjà répondu que je ne me proposais pas de raconter ma vie. D'ailleurs, ce sont tous ces morceaux qui, aboutés, forment mon existence, à la façon d'une mosaïque. Je me suis pressé car l'avenir ne me paraît pas sûr. Et maintenant, je me sens le cœur plus léger, comme si je n'avais plus de cœur du tout.

Je suis tranquille, je ne fais plus de projets. C'est pourquoi j'ai surtout revu ce qui s'est passé derrière moi. Le passé, c'est une certitude, c'est arrivé ; tandis que l'avenir, à quoi cela ressemble-t-il ?

Que l'on ne s'y trompe pas : j'aime ça (la vie), j'en suis fou. Et d'autant plus que nous n'avons rien d'autre : c'est unique, une occasion exceptionnelle, à profiter, comme disent les camelots. Tout se passe ici. J'ai seulement quelque mélancolie en la voyant se perdre, minute par minute. Ce sera bientôt fini.

Je voudrais bien rester ici une vingtaine d'années encore, approximativement ; ici, au huitième étage, au sein du XIVe, d'où j'ai vue sur les quatre-vingts quartiers de Paris, du Mont-Valérien à l'Observatoire de Montsouris. Vivoter aussi paisiblement que possible, sans troisième guerre mondiale. Que pour une fois mente le proverbe : deux sans trois. Ce sont là mes intentions, mes vœux. Je voudrais écrire encore certaines choses...

Il y a sur l'avenue d'Orléans, au numéro quinze, une grille monumentale qui s'ouvre sur une allée bordée de platanes. Au fond, s'élève une ancienne bâtisse de cette pierre grise qui me plaît, un château désaffecté : c'est l'Asile de La Rochefoucauld, une maison de retraite pour vieillards. A la belle saison, les parterres sont verts de gazon, et rouges de tulipes et de géraniums, c'est presque gai. Le quatorze juillet, on accroche à la grille une guirlande de lampes électriques bleues, blanches et rouges, ce qui, le soir, est du plus bel effet.

Les vieux prennent le soleil sur des bancs, ou bien sur l'avenue même, à côté de la pissotière. De là, ils suivent le mouvement des voitures et des gens.

Parmi eux, il y a plusieurs unijambistes.

Lors de la fête du Lion, un couple vient monter un petit manège pour enfants, près de la grille. C'est un manège d'un genre désuet qui marche à bras ; il y a peu de clients sur les lapins géants ou sur les bicyclettes. Les vieux passent des heures à le regarder, jusqu'à ce que leur tête en tourne, jusqu'à une sorte de vertige qui leur rend, pour un instant, leur jeunesse. Ils sourient.

Je les observe attentivement. J'essaierai d'imiter leur impassibilité, je laisserai pousser toute ma moustache, et peut-être ma barbe, elle sera blanche, je porterai une petite casquette ronde, je me mettrai à la pipe, c'est plus avantageux, j'aurai enfin une canne.

Pour le moment, la pipe me donne le hoquet.

Mais, il me faudra certainement de hautes protections pour y être admis. Comment faire? Il serait bon que j'eusse un député dans ma manche, ou un conseiller municipal.

Il est d'ailleurs trop tôt pour y penser sérieusement.

Il me semble que je serai à ma place. De la clinique Tarnier à l'hospice de La Rochefoucauld, en passant par l'Asile Maternel de l'avenue du Maine, il y a quinze minutes à peine. J'ai mis environ quarante ans à faire ce trajet : j'ai musardé d'un asile à l'autre.

De ce banc-là, je lorgnerai les filles à vélo au printemps, ou les gentilles vendeuses de l'*Unifix*, si cela m'intéresse encore, je me verrai moi-même à l'envers, tel que je suis aujourd'hui, déambulant sur l'avenue, je me trouverai jeune, enviable, je m'adresserai un salut plus qu'amical, une bénédiction. J'aurai alors bouclé la boucle, complètement, comme Brindejonc des Moulinais, au point d'en perdre la respiration.

Vieillir sur l'avenue d'Orléans, puis mourir sans douleur, comme on met simplement une lettre d'adieu à la poste, ce n'est pas demander l'impossible, après tout.

Mais, en attendant, encore un peu-peu...

FIN

Paris, Sidi-Madani, Rabat.
Juin 1947-*Janvier* 1948.

DU MÊME AUTEUR

nrf

LA BELLE LURETTE (1935)
LE MÉRINOS (1937)
FIÈVRE DES POLDERS (1937)
LE BOUQUET (1945)
LE TOUT SUR LE TOUT (1948)
L'ITALIE A LA PARESSEUSE (1950)
(Journal de voyage)
MONSIEUR PAUL (1950)
UN GRAND VOYAGE (1952)
LES DEUX BOUTS (1954)
LES GRANDES LARGEURS (1954)
(Balades parisiennes)
PEAU D'OURS (1958)
(Notes pour un roman)

L'IMAGINAIRE
GALLIMARD

Axée sur les constructions de l'imagination, cette collection vous invite à découvrir les textes les plus originaux des littératures romanesques française et étrangères.

Volumes parus

1. Raymond Queneau : *Un rude hiver.*
2. William Faulkner : *Les palmiers sauvages.*
3. Michel Leiris : *Aurora.*
4. Henri Thomas : *La nuit de Londres.*
5. Max Jacob : *Le cabinet noir.*
6. D. H. Lawrence : *L'homme qui était mort.*
7. Herman Melville : *Benito Cereno et autres contes de la Véranda.*
8. Valery Larbaud : *Enfantines.*
9. Aragon : *Le libertinage.*
10. Jacques Audiberti : *Abraxas.*
11. Jean Grenier : *Les îles.*
12. Marguerite Duras : *Le vice-consul.*
13. Jorge Luis Borges : *L'Aleph.*
14. Pierre Drieu la Rochelle : *État civil.*
15. Maurice Blanchot : *L'arrêt de mort.*
16. Michel Butor : *Degrés.*
17. Georges Limbour : *Les vanilliers.*
18. George du Maurier : *Peter Ibbetson.*
19. Joseph Conrad : *Jeunesse* suivi de *Cœur des ténèbres.*
20. Jean Giono : *Fragments d'un paradis.*
21. Malcolm Lowry : *Ultramarine.*
22. Cesare Pavese : *Le bel été.*
23. Pierre Gascar : *Les bêtes.*
24. Jules Supervielle : *L'homme de la pampa.*

25. Truman Capote : *La harpe d'herbes.*
26. Marcel Arland : *La consolation du voyageur.*
27. F. Scott Fitzgerald : *L'envers du paradis.*
28. Victor Segalen : *René Leys.*
29. Paul Valéry : *Monsieur Teste.*
30. C.-F. Ramuz : *Vie de Samuel Belet.*
31. Marguerite Yourcenar : *Nouvelles orientales.*
32. Louis-René des Forêts : *Le bavard.*
33. William Faulkner : *Absalon ! Absalon !*
34. Jean Genet : *Pompes funèbres.*
35. Ernst Jünger : *Le cœur aventureux.*
36. Antonin Artaud : *Héliogabale.*
37. Guillaume Apollinaire : *La femme assise.*
38. Juan Rulfo : *Pedro Páramo.*
39. Eugène Zamiatine : *Nous autres.*
40. Marcel Proust : *Les plaisirs et les jours.*
41. André Pieyre de Mandiargues : *Soleil des loups.*
42. Maurice Sachs : *Le Sabbat.*
43. D. H. Lawrence : *L'arc-en-ciel.*
44. Henri Calet : *La belle lurette.*
45. Rómulo Gallegos : *Doña Bárbara.*
46. Georges Lambrichs : *Les fines attaches.*
47. Ernst Jünger : *Sur les falaises de marbre.*
48. Raymond Queneau : *Les œuvres complètes de Sally Mara.*
49. Marguerite Duras : *L'après-midi de monsieur Andesmas.*
50. T. E. Lawrence : *La matrice.*
51. Julio Cortázar : *Marelle.*
52. Maurice Fourré : *La nuit du Rose-Hôtel.*
53. Gertrude Stein : *Autobiographie d'Alice Toklas.*
54. Hoffmann : *Le chat Murr.*
55. Joë Bousquet : *Le médisant par bonté.*
56. Marcel Jouhandeau : *Prudence Hautechaume.*
57. Jane Austen : *Catherine Morland.*
58. Pierre Guyotat : *Tombeau pour cinq cent mille soldats.*
59. Aragon : *Traité du style.*
60. Frédéric Prokosch : *Sept fugitifs.*

61. Henri Bosco : *Pierre Lampédouze.*
62. Paul Bowles : *Un thé au Sahara.*
63. Louis Guilloux : *La confrontation.*
64. Henri Calet : *Le tout sur le tout.*
65. Hermann Broch : *La mort de Virgile.*
66. Pierre Herbart : *Alcyon.*
67. Thomas Mann : *Les Histoires de Jacob.*
68. Thomas Mann : *Le jeune Joseph.*
69. Thomas Mann : *Joseph en Égypte.*
70. Thomas Mann : *Joseph le Nourricier.*
71. Samuel Butler : *Erewhon.*
72. René Daumal : *Le Mont Analogue.*
73. Edmond Duranty : *Le malheur d'Henriette Gérard.*
74. Vladimir Nabokov : *Feu pâle.*
75. René Crevel : *Êtes-vous fous ?*
76. Mario Vargas Llosa : *La maison verte.*
77. Stig Dagerman : *L'enfant brûlé.*
78. Raymond Queneau : *Saint Glinglin.*
79. Hugo von Hofmannsthal : *Andréas et autres récits.*
80. Robert Walser : *L'Institut Benjamenta.*
81. William Golding : *La nef.*
82. Alfred Jarry : *Les jours et les nuits.*
83. Roger Caillois : *Ponce Pilate.*
84. Thomas Mofolo : *Chaka, une épopée bantoue.*
85. Jean Blanzat : *Le Faussaire.*
86. Jean Genet : *Querelle de Brest.*
87. Gertrude Stein : *Trois vies.*
88. Mircea Eliade : *Le vieil homme et l'officier.*
89. Raymond Guérin : *L'apprenti.*
90. Robert Desnos : *La liberté ou l'amour !* suivi de *Deuil pour deuil.*
91. Jacques Stephen Alexis : *Compère Général Soleil.*
92. G. K. Chesterton : *Le poète et les lunatiques.*
93. Emmanuel Berl : *Présence des morts.*
94. Hermann Broch : *Les somnambules*, I.
95. Hermann Broch : *Les somnambules*, II.

96. William Goyen : *La maison d'haleine.*
97. Léon-Paul Fargue : *Haute solitude.*
98. Valery Larbaud : *A. O. Barnabooth, son journal intime.*
99. Jean Paulhan : *Le guerrier appliqué. Progrès en amour assez lents. Lalie.*
100. Marguerite Yourcenar : *Denier du Rêve.*
101. Alexandre Vialatte : *Battling le ténébreux.*
102. Henri Bosco : *Irénée.*
103. Luigi Pirandello : *Un, personne et cent mille.*
104. Pierre Jean Jouve : *La Scène capitale.*
105. Jorge Luis Borges : *L'auteur et autres textes.*
106. Pierre Gadenne : *La plage de Scheveningen.*
107. Ivy Compton-Burnett : *Une famille et son chef.*
108. Victor Segalen : *Équipée.*
109. Joseph Conrad . *Le Nègre du « Narcisse ».*
110. Danilo Kiš : *Jardin, cendre.*
111. Jacques Audiberti : *Le retour du divin.*
112. Brice Parain : *Joseph.*
113. Iouri Tynianov : *Le lieutenant Kijé.*
114. Jacques Stephen Alexis : *L'espace d'un cillement.*
115. David Shahar : *Un été rue des Prophètes.*
116. Léon Bloy : *L'âme de Napoléon.*
117. Louis-René des Forêts : *La chambre des enfants.*
118. Jean Rhys : *Les tigres sont plus beaux à voir.*

Ouvrage reproduit
par procédé photomécanique.
Impression S.E.P.C.
à Saint-Amand (Cher), 11 août 1983.
Dépôt légal : août 1983.
Premier dépôt légal : septembre 1980.
Numéro d'imprimeur : 1311.
ISBN 2-07-022152-0. Imprimé en France.

32191